MARY ANN FOX
Je dunkler das Grab

AF197308

atb aufbau taschenbuch

MARY ANN FOX, Jahrgang 1978, verdiente sich ihr erstes Geld in einer Gärtnerei. Der Liebe wegen ging sie nach dem Studium nach England und arbeitete dort als Fremdenführerin, als Deutschlehrerin und dann im Botanischen Garten in Oxford. Sie arbeitet und lebt mittlerweile in Hamburg-Altona.

Im Aufbau Taschenbuch sind ebenfalls ihre Kriminalromane »Je tiefer man gräbt«, »Je kälter die Asche«, »Je länger die Nacht«, »Je höher die Flut«, »Je lauter der Sturm« und »Je stiller der Tod« lieferbar.

Die Klosterinsel St. Michael's Mount an der Südspitze Cornwalls: Mags Blake soll für die Festschrift, an der ihr Freund Sam arbeitet, über die Gärten der Insel recherchieren. Dort angekommen, ist sie fasziniert von der überwältigenden Pflanzenpracht und stürzt sich in die Arbeit. Doch dann stolpert sie in einer alten Kapelle über einen Toten. Niemand scheint ihn je zuvor gesehen zu haben. Und dann ist da noch die Gärtnerin der Insel, die etwas über Mags' Mutter zu wissen scheint, die sie ohne Erklärung verlassen hat, als sie noch ein Kind war …

MARY ANN FOX

JE DUNKLER DAS GRAB

EIN CORNWALL-KRIMI

atb aufbau taschenbuch

MIX
Papier | Fördert
gute Waldnutzung
FSC® C083411

FSC
www.fsc.org

ISBN 978-3-7466-3465-4

Aufbau ist eine Marke der Aufbau Verlage GmbH & Co. KG

2. Auflage 2022
© Aufbau Verlage GmbH & Co. KG, Berlin 2019
Umschlaggestaltung www.buerosued.de, München
unter Verwendung eines Bildes von MauritiusImages/Helmus Hess
Gesetzt aus der Sabon durch Greiner & Reichel, Köln
Druck und Binden CPI books GmbH, Leck, Germany
Printed in Germany

www.aufbau-verlage.de

The autumn air is clear,
The autumn moon is bright.
Fallen leaves gather and scatter,
The jackdaw perches and starts anew.
We think of each other – when will we meet?
This hour, this night, my feelings are hard.

Li Bai

Wie hatte es nur in wenigen Sekunden so nebelig werden können? Mags Blake stand fluchend auf dem schmalen Damm, der bei Ebbe die Klosterinsel St. Michael's Mount mit dem gut dreihundert Meter entfernten Festland verband, und merkte mit einem Schaudern, wie ihr bereits das Wasser der nahenden Flut über ihre heißgeliebten Chucks schwappte. Das war nicht gut. Das war wirklich nicht gut. Mags, an der Küste Cornwalls aufgewachsen, kannte das Meer und seine Gezeiten. Sie kannte die Gefahren – und war trotzdem wie einer dieser gedankenlosen Touristen einfach losgegangen. Im September. In der Dämmerung. Und schuld war nur Sam, wer auch sonst.

Sie atmete tief durch. Der mittelalterliche Damm mit seinen vom Wasser glatt geschliffenen Pflastersteinen ragte bei Ebbe vielleicht einen Meter aus dem Grund. Er verlief in einer leichten Kurve leicht steigend bis zur Insel. Mags wusste das, sie war schon einmal hier gewesen. Ihr Heimatdorf Rosehaven lag nur eine Stunde Fahrt mit dem Auto entfernt, und ihr Vater hatte sie schon als Kind in den Garten mitgenommen, der sich an den Hang schmiegt.

Aber zwischen dem Ahnen, wie ein Weg verlief, und dem Sehenkönnen, wo genau er verlief, lag ein großer Unterschied.

Sie musste sich entscheiden. Eine Drehung um hundertachtzig Grad, um wieder zurück nach Marizion zu gehen, dort die nassen Schuhe auszuziehen und in ihrem betagten VW-Transporter zurück nach Rosehaven zu fahren. Sie würde es sich mit einer Tasse Tee und einem Stück Kuchen in ihrem Lieblingssessel bequem machen.

Oder sie könnte weiter geradeaus laufen, um auf der Insel Sam zu treffen, der ihre nassen Füße und ihre mittlerweile vom feuchten Nebel wild gelockten Haare sicherlich mit seinem typischen ironischen Lächeln begutachten würde.

Sam Hawthorn und sein Lächeln.

Nach den Ereignissen im Sommer war er nach Oxford verschwunden und hatte sich bis auf zwei alberne Postkarten nicht gemeldet. Bis heute Morgen, als Mags vom Klingeln ihres Telefons wach geworden war. Bevor sie sich fluchend aus dem Schlaf und dann aus ihrem Bett befreien konnte, war schon das Band angesprungen. Sams Stimme ertönte:

»Mags? Ich bin es, Sam. Ich bin auf St. Michael's Mount und könnte hier deine Hilfe gebrauchen. Kannst du kommen? Bitte.«

Bevor sie das Telefon erreichte, hatte er schon aufgelegt. Keine Nummer hinterlassen, keine Zeit genannt. Einfach nur: Komm. Sie hatte sich fest vorgenommen, seine Nachricht zu ignorieren, da ohnehin viel zu tun war. Sie führte ihr eigenes Unternehmen, den *Evergreen Garden Service*. Sie hatte gut zu tun, das wusste Sam auch. Sie konnte nicht einfach so alles stehen und liegen lassen, nur weil er sie darum bat. Verdammt.

Seufzend setzte sie weiter einen Fuß vor den anderen. Die Insel konnte nur noch wenige Meter entfernt sein, durch den Nebel sah sie ein schwaches Leuchten. Sicherlich die Lichter der Hafenhäuser. Wenn sie sich richtig erinnerte, gab es dort einen kleinen Pub für die Touristen. Der Gedanke an ein Bier und einen warmen Platz am Feuer – und jeder Pub in Cornwall, der etwas auf sich hielt, hatte eine Feuerstelle – ließ sie ihre Schritte beschleunigen. Sie merkte, wie der Weg langsam steiler wurde und ihre Füße nicht länger durch Wasser gingen. Gleich hatte sie es geschafft.

Erleichtert atmete sie auf, als sie plötzlich mit dem Fuß gegen etwas Weiches stieß. Erschrocken trat sie einen Schritt zur Seite und merkte zu spät, dass sie dem Rand des Dammes gefährlich nahe gekommen war. Mags strauchelte, konnte ihr Gleichgewicht nicht halten und fiel. Sie spürte, wie ihr Kopf gegen etwas Hartes krachte, dann wurde ihr schwarz vor Augen.

1

»Was in aller Welt hattest du dort draußen zu suchen?«

Mags stöhnte und rückte behutsam den Eisbeutel an ihrem Kopf zurecht, den ihr die Wirtin des Pubs gereicht hatte.

»Wenn Adam nicht durch Zufall selbst draußen gewesen wäre, dann wärst du ertrunken!«

Sams Stimme dröhnte in ihren Ohren.

Unter einem vorwurfsvollen und zugegebenermaßen auch sehr besorgten Blick hielt er ihr erneut drei Finger vor die Augen.

»Wie viele Finger?«

Mags stöhnte auf.

»Sam, drei! Drei Finger. Ich habe mir eine dicke Beule und wahrscheinlich eine Erkältung eingehandelt, aber ich habe keine Gehirnerschütterung.«

Sie zog die dicke Wolldecke noch etwas fester um sich und rutschte näher an das Feuer.

Aus den Augenwinkeln beobachtete sie, wie Sam Hawthorn, der etwas schlaksige Mann mit seiner unvermeidlichen Cordhose, sich besorgt im Pub umblickte. Er war Historiker an der Universität Oxford und anscheinend mal wieder dabei, Material für sein Steckenpferd, die Geschichte Cornwalls, zu sammeln. Sie hatte ihn im Sommer im Haus der Familie Williams kennengelernt. Bei dem Gedanken an ihr erstes Treffen musste sie lächeln, was sie allerdings schmerzhaft an die Beule an ihrem Kopf erinnerte. Sie hatte sich eines Morgens heimlich in den herrschaftlichen Garten des Landsitzes geschlichen, auf dem Sam zu Gast war. Er hatte sie im Garten gesehen und es geschafft, sie innerhalb weniger Sekunden zur Weißglut zu bringen. Das schaffte er immer. Sie wusste mittlerweile, dass sich hinter seinem leicht blasierten Tonfall eher Unsicherheit als Arroganz versteckte, aber trotzdem: Sam blieb Sam, und sie war sich nicht sicher, was sie von seinem Interesse an ihr halten sollte.

Die Tage im Garten von *The Shelter* waren tragisch gewesen und hatten für Mags mit einer lebensbedrohlichen Situation geendet. Sie hatte damals in der Nacht auf den Klippen ein weiteres Stück ihrer ohnehin schon geringen Unbeschwertheit verloren.

Seufzend lehnte sie sich zurück und blickte sich in dem holzvertäfelten Innenraum des Pubs um.

Der Tresen schien aus einem einzigen langen Stück Eichenholz gezimmert zu sein, an den Wänden hingen gerahmte Schwarz-Weiß-Fotos von Fischerbooten und ihren Besatzungen. Hinter dem Tresen standen blank polierte Flaschen in Reih und Glied. Die dunkle Decke war niedrig und vom Feuer der letzten Jahrzehnte, wenn nicht Jahrhunderte geschwärzt.

Elsa Sands, die Wirtin, war vielleicht fünfzehn Jahre älter als Mags selbst und war wie eine aufgescheuchte Glucke um Mags geschwirrt, nachdem sie in den Pub getragen worden war. Sie hatte Mags in eines der Gästezimmer gebracht, sie in Sekunden ausgezogen und unter eine heiße Dusche gestellt, danach mit einem flauschigen Handtuch abgerubbelt und in einen ausgebleichten Schlafanzug und eine Decke gepackt und sie so vor den Kamin gesetzt. Vor ihr stand eine Tasse Tee mit einem ordentlichen Schuss Whisky, und sie hatte das Gefühl, gleich aus den Ohren zu dampfen.

Sie erinnerte sich an ihren Sturz und einen scharfen Schmerz, und dann war sie, nass bis auf die Knochen, in den Armen eines Riesen aufgewacht.

Nicht eines wirklichen Riesens, nein, aber in den Armen eines der größten Männer, die sie je gesehen hatte.

Bevor sie ihn etwas hatte fragen können, war er schon geduckt durch die Tür in den Pub getreten. Ihr Eintreten hatte die Gespräche am Tresen für einige Sekunden verstummen lassen. Dann waren alle auf sie zugestürmt, Mags hatte einen kurzen Blick auf Sams vertrautes Gesicht werfen können, bevor Elsa sie unter ihre Fittiche genommen hatte.

Sams Stimme holte sie zurück.

»Also noch mal: Was in Teufels Namen hattest du da draußen zu suchen? Ich dachte wirklich, dass du vernünftiger seist als ein ahnungsloser Tourist, der bei Dämmerung und Nebel ins Watt geht.«

»Du hast angerufen und gesagt, dass ich kommen soll.«

Mags hörte sich sprechen, bevor sie ernsthaft über ihre Worte nachgedacht hatte, und biss sich wütend auf die Zunge. Auf Sams Gesicht erschien langsam ein Lächeln, das nach und nach zu einem Grinsen wurde.

»Sieh an.«

Mags schnaubte entrüstet und wollte gerade erklären, dass sie es schon alleine auf die Insel geschafft hätte, aber ein Blick in die besorgten Gesichter um sie herum ließ sie verstummen.

Adam saß am Tresen, lächelte sie an, eine Tasse heiße Milch in der Hand und einen weißen Schnurrbart über seiner Oberlippe. Die Tasse wirkte, als gehörte sie zu einem Puppengeschirr. Mags hatte noch nie einen so großen Mann gesehen. Ohne ihn wäre sie vielleicht wirklich ertrunken.

Schaudernd zog sie die Decke noch enger um sich und machte sich bereit, den immer noch unverschämt grinsenden Sam in seine wohlverdienten Schranken zu weisen. Doch der nahm ihr schon wieder den Wind aus den Segeln.

»Aber du hast recht, ich brauche dich wirklich. Oder vielmehr brauche ich dein Wissen über Gärten.«

Damit hatte Mags nun nicht gerechnet. Natürlich kannte sie die Gärten der Insel. St. Michael's Mount hatte, seinem vom Festland aus eher felsigen und schroffen Anblick zum Trotz, einen wunderschönen Garten zu bieten. Die Steine der Insel speicherten die Sonnenwärme, die Meeresluft sorgte für ausreichend Feuchtigkeit, und so schmiegten sich die herrlichsten subtropischen Pflanzen in die Nischen und Terrassen der Hänge. Sie war einmal mit ihrem Vater zur Zeit der Lilienblüte auf St. Michael's Mount gewesen – die Insel war in den Duft von Tausendundeiner Nacht getaucht.

Aber was hatte Sam plötzlich mit Gärten zu tun?

»Ich bin von Timothy, einem meiner Studenten und zugleich dem Erben dieser Insel, gebeten worden, eine Festschrift zum Jubiläum der Stiftung der Insel an den National Trust zu erarbeiten. Du musst wissen, nicht nur die Gärten sind etwas Besonderes. Wenn ich die Quellen richtig deute – und ich bin gespannt, was ich in der Bibliothek der Burg noch alles finde –, dann können wir eine Besiedlung bis ins neunte Jahrhundert zurückverfolgen. Von den Gerüchten über einen Handelsstützpunkt der Phönizier ganz zu schweigen. Wobei dafür schlicht Beweise fehlen. Und seit die Familie von Sir Rupert auf der Insel ist, und das sind ja schlappe vierhundert Jahre, gibt es lückenlose Aufzeichnungen über fast alle Vorgänge. Die Kelten, die Römer, alle waren hier auf der Insel und …«

Mags sah das Leuchten in Sams Augen. Würde sie ihn nicht unterbrechen, könnte er sicherlich Stunden so weitersprechen.

»Sam? Sam, mein Kopf brummt. Warum ich, also warum interessierst du dich für die Gärten?«

Sam schien etwas kämpfen zu müssen, um aus seinem Vortrag wieder in die Gegenwart zurückzukehren. Er blinzelte.

»Ach ja, die Gärten. Eigentlich wollte ich das selbst schreiben, ich meine, es kann ja nicht so schwer sein, ein bisschen über die Pflanzen hier …«

Mags zog die Augenbrauen hoch, aber bevor sie etwas sagen konnte, hob Sam schon abwehrend die Hände.

»Ja, ich weiß. Es ist viel komplizierter als gedacht, und ich habe mich da auch ein wenig verzettelt, und …«

Man konnte ihm ansehen, dass ihm der nächste Satz schwerfiel.

»Und ja, ich weiß einfach viel zu wenig über Gärten, und da der Garten hier ja auch noch so besonders ist … Außerdem gibt es da …«

Sam brach ab.

»Was gibt es da außerdem?«

Sam grinste schon wieder.

»Ich denke, das wirst du morgen schon sehen.«

Das war mal wieder typisch. Zuerst zugeben, dass er Hilfe brauchte, und sich dann aber hinter irgendwelchen Andeutungen verstecken.

»Morgen? Wie kommst du auf die Idee, dass ich morgen noch hier sein werde?«

Mags merkte, wie sich unter den Tee und den Whisky und die Wärme des Feuers langsam eine leichte Wut mischte.

»Sam, ich habe ein Geschäft, falls du es vergessen hast. Kunden, die auf mich warten. Vielleicht ist das in deinen Augen nicht so wichtig wie deine Studien, aber mir schon. Ich kann nicht einfach so morgen wieder herkommen, nur weil du beschlossen hast, dass das so ist.«

Sie merkte, wie sie sich verhaspelte, und wollte gerade weiterschimpfen, als Sam ihr den Wind aus den Segeln nahm.

»Nein, nein. Du sollst ja gar nicht morgen wieder herkommen, du bleibst einfach hier. Elsa hat ein freies Zimmer für dich, und ich habe vorhin bei Miss Clara angerufen, damit sie sich keine Sorgen um dich macht. Sie sagt, dass die Jungs morgen deine Aufträge schon alleine übernehmen werden.«

»Du hast was?«

Mags schnappte nach Luft. Miss Clara war ihre Freundin und außerdem die Vermieterin der alten Gartenscheune, in der sich Mags' Büro und ihre Wohnung befanden.

»Wie kannst du es wagen …«

Sam war vorsichtshalber einige Schritte zurückgetreten.

»Warte doch erst einmal, bevor du mir den Kopf abreißt. Es ist schon nach neunzehn Uhr, es gibt kein Schiff mehr, das dich zurück nach Marizion fahren würde, und die Ebbe setzt erst in zwei Stunden ein – und bei Nacht ist es auf dem Damm viel zu gefährlich. Daher dachte ich …«

Mags drehte sich hilfesuchend um, doch auch Elsa schüttelte bedauernd den Kopf.

»Er hat recht, tut mir leid. Im Dunkeln würde ich sowieso niemanden über den Damm gehen lassen. Ich habe vorhin den Ofen angestellt, in einer halben Stunde gibt es Essen. Ein Stew, für das ich eine ganze Flasche von unserem dunklen Bier geopfert habe.«

Mags wollte weiterhin wütend sein, aber das war verdammt schwer, wenn man an einem warmen Feuer saß, eine Tasse Tee in der Hand hielt und der Gedanke an einen hausgemachten Eintopf einem das Wasser im Mund zusammenlaufen ließ.

»Anscheinend bleibt mir keine Wahl, oder?«

Die Dunkelheit der Nacht schwand allmählich, und die Sonne schob sich über den Horizont. Die Schatten wichen zurück. Eine Dohle saß auf den Zinnen der Burgmauer und blickte über die Insel.

Früher war es ruhiger gewesen, nur die Fischer und

die Burgbewohner hatten hier gelebt. Jetzt kamen immer mehr Menschen, zu Fuß oder mit dem Boot strömten sie am Morgen auf die Insel und verließen sie am Abend wieder. Aber das störte die Dohle nicht. Sie freute sich über die Essensreste, die am Pier und an den Bänken liegen blieben. Dieses Jahr hatte sie kein Nest gebaut. Ihr Partner war im Winter zum Festland geflogen und nicht zurückgekehrt.

Sie war alt, ihre Augen, die als Jungvogel hellblau und später dann in ein warmes Braun übergegangen waren, erstrahlten mittlerweile in einem fast reinen Weiß. Sie würde nie wieder ein Nest bauen.

Vom Hafen konnte sie die leisen Bewegungen des letzten Fischers der Insel hören. Die Möwen machten sich bereit, ihn und sein Schiff bei seiner morgendlichen Arbeit zu begleiten.

Bewegungen ließen die alte Dohle innehalten. Da waren Menschen. Weit unter ihr bewegten sich bei der kleinen Kapelle die Umrisse zweier Körper. Neugierig stieß sie sich von ihrem Platz ab und stieg in einem eleganten Bogen zuerst nach oben, um sich dann leise auf den Boden sinken zu lassen.

Stimmen, leise und gedämpft. Die beiden Menschen gingen in die Kapelle.

Sie wollte schon wieder zu ihrem Aussichtspunkt zurückkehren, als sie einen erstickten Schrei hörte. Neugierig sprang sie näher an die Tür.

2

Mags war wirklich versucht, sich die Decke noch einmal über den Kopf zu ziehen. Bei dem Sturz hatte sie doch mehr blaue Flecken davongetragen, als gedacht. Sie seufzte und wickelte die warme Daunendecke fester um sich. Zu Hause in Rosehaven musste sie meistens früh aufstehen, um das ganze Tagespensum zu schaffen. Der Sommer war zum Glück voll mit Aufträgen gewesen. Sie hatte neue Kunden für ihren Gartenservice gewonnen, was gut war, wirklich gut.

Sie arbeitete gerne und freute sich über jeden Penny, der den Berg an Schulden, den sie auf ihren Schultern trug, schrumpfen ließ. Dabei waren es noch nicht einmal ihre Schulden, oh nein. Arthur, ihr verstorbener Mann, war betrunken mit seinem Auto in voller Geschwindigkeit gegen einen Baum gekracht und hatte ihr hohe Schulden hinterlassen. Sie hatte nach und nach erfahren, wie sehr die nach außen hin so heile und erfolgreiche Fassade seiner Geschäfte sie getäuscht hatte und wie weit seine Probleme tatsächlich reichten. Der Verkauf des Hauses in Amerika, seiner teuren Uhren und Anzüge hatte bei weitem nicht ausgereicht. So war sie, zurück in ihrem Heimatdorf Rosehaven, auch noch gezwungen gewesen, ihr eigenes Elternhaus zu verkaufen, um wenigstens den drängendsten Schulden zu entkommen. Niemand wusste von diesen Schulden, und das sollte auch so bleiben. Sie wollte seinen Eltern, die ihren Sohn nach dessen Tod nach und nach zu einem Heiligen erhoben hatten, die Wahrheit nicht zumuten. Arthur ein Heiliger! Was für ein gemeiner Witz des Schicksals. Trotzdem schwieg sie, seiner Familie zuliebe, und ließ lieber die vielen teils neugierigen, teils gemeinen Spekulationen, warum sie Hab und Haus verkauft hatte, so gut es ging an sich abprallen.

Nur Miss Clara, ihre Vermieterin und Freundin, hatte sich nach und nach alles zusammengereimt und Mags zur Rede gestellt. So kam es, dass sie nun mietfrei in der umgebauten Gartenscheune der ehemaligen Postmeisterin von Rosehaven wohnte und Tag für Tag damit verbrachte, die Gärten anderer Leute anzulegen und zu betreuen. Sie liebte ihre Arbeit und sehnte den Tag herbei, an dem das verdiente Geld in ihrer eigenen Tasche und nicht mehr in den Taschen ihrer Gläubiger verschwinden würde.

Mags schüttelte sich und schlug die warme Decke nun doch mit einem heftigen Schwung zurück. Sie wollte und würde sich den beginnenden Tag nicht mit so finsteren Gedanken verderben. Und wenn sie im Bett liegen bliebe, würden sicherlich nur noch mehr davon auftauchen.

Mit einem leichten Frösteln ging sie zu dem kleinen Fenster und zog den Vorhang zurück. Licht fiel auf den Holzfußboden und ihre nackten Füße. Mags musste erst einmal blinzeln, bevor sie mit einem breiten Grinsen beide Fensterflügel aufstieß.

Das Licht war herrlich, und sie konnte von ihrem Fenster im ersten Stock des Pubs auf den kleinen Hafen der Insel blicken. Es war Flut, und der Geruch von Salzwasser und Tang stieg ihr in die Nase. Ein Fischerboot kehrte wohl gerade, von einem Schwarm Möwen umgeben, zurück und schob sich tuckernd Stück für Stück in die kleine Hafeneinfahrt.

Auch in ihrem Heimatort Rosehaven konnte sie das Meer riechen, aber der kleine Hafen lag geschützt in den Ausläufern des Hellford River. Doch St. Michael's Mount war den Herbststürmen, die vom Meer kamen, sicherlich ungeschützt ausgesetzt. Wie musste der Wind im Herbst und Winter über der Insel toben!

Die große Gestalt, die auf der Mole stand, war unverwechselbar Adam – und sie sah ihm lächelnd einen Moment dabei zu, wie er auf seinen großen Füßen auf und ab wippte und dem einfahrenden Schiff entgegenblickte. Wahrscheinlich wartete er auf den Fang des Tages, um ihn zu Elsa in die Küche des Pubs zu bringen. Die ersten Touristen würden bald kommen.

Mags versuchte, ihren Kopf weiter aus dem Fenster zu strecken, um noch einen Blick auf den Rest der Insel zu werfen, aber das Fenster war zu klein, und so gab sie auf und beschloss, lieber nach unten in den Gastraum zu gehen. Wenn Adam schon wach war, war es die Wirtin sicherlich auch, und wo eine Wirtin war, war ein Becher mit heißem Tee nicht weit.

Gestern Nacht war sie zu müde und erschöpft gewesen, um sich in dem kleinen Zimmer umzusehen.

Dunkle Balken und ein schwerer Holzboden, der glatt und glänzend unter ihren Füßen lag. Ein bunter geknüpfter Teppich in den Farben der See lag vor dem Bett. Zwei kleine Aquarelle hingen an der Wand, die die

Insel zeigten. Der Geruch von Lavendel und Bohnerwachs hing in der Luft.

Nur wo war ihre Kleidung?

Gerade, als sie sich damit abgefunden hatte, wieder mit dem großen Bademantel in den Gastraum zu gehen, klopfte es leise an ihrer Tür.

»Miss Blake?«

Eine sanfte Stimme drang fragend durch die Tür. Das war nicht Elsa, deren lautes Lachen Mags aus dem Gastraum nach oben schallen hörte.

»Ja, herein.«

Die Tür öffnete sich, und zwei große dunkelblaue Augen blickten auf Mags.

»Guten Morgen. Ich bin Julia. Meine Mutter meinte, sie würden sicherlich gerne einen Tee und ihre Kleidung haben.«

Mags hatte so fasziniert auf das vielleicht sechzehnjährige Mädchen geschaut, dass sie die Tasse mit Tee und die saubere und gebügelte Kleidung völlig übersehen hatte.

»Schneewittchen?«

Mags merkte zu spät, dass sie laut gesprochen hatte, und wurde rot.

Doch das Mädchen schien sie nicht gehört zu haben.

»Ich soll Ihnen ausrichten, dass es unten im Gastraum in zehn Minuten Frühstück gibt.«

»Oh, ja. Danke.«

Elsas Tochter also.

Julia Sand war außergewöhnlich schön. Das Gesicht war blass und fein geschnitten, die Augen in einem dunklen Blau und die Haare schimmerten in dem gleichen satten Schwarzbraun wie die ihrer Mutter. Weiß wie Schnee, rot wie Blut, schwarz wie Ebenholz. So hatte sich Mags immer die Prinzessinnen im Märchen vorgestellt. Seufzend blickte sie in den Spiegel. Die wilden rotbraunen Locken schienen über Nacht ein Eigenleben entwickelt zu haben und standen ab. Als Mädchen hatte Mags sie immer zu einem dicken Zopf gebunden, um sie zu bändigen. Heute trug sie die Haare kürzer und ließ die Locken Locken sein. Nur bei der Gartenarbeit band sie sie mit einem Tuch zurück oder versteckte sie unter einer Mütze. Auf ihrer in ihren Augen zu breiten Nase leuchteten Sommersprossen auf, die sie als Teenager gehasst hatte und die ihr jetzt oft schlicht unpassend für eine erwachsene Frau erschienen. Ihre Haut, von der Arbeit im Freien bis in den Winter hinein gebräunt, würde nie blass und edel wirken. Sie seufzte wieder. Sie fühlte sich dennoch wohl in ihrer Haut. Mags streckte ihrem Spiegelbild die Zunge heraus und machte sich daran, den Morgenmantel gegen Jeans und Turnschuhe zu tauschen.

3

Im Gastraum roch es noch schwach nach dem Feuer der letzten Nacht, aber der leicht erdige und süße Geruch wurde überdeckt von dem Duft frisch gebackenen Brotes, gebratener Eier und Speck.

Mags steckte grade neugierig und hungrig ihre Nase in einen Topf, der auf einer Wärmeplatte auf dem Tresen stand, als sie Sams Stimme hörte.

»Porridge. Es ist verdammt gut, aber es gibt auch Eier und was immer dein Herz begehrt.«

Mags drehte sich um und lächelte den groß gewachsenen Mann an, der im Türrahmen lehnte.

»Kommst du, um mir Gesellschaft zu leisten, oder hattest du Angst, dass ich doch über Nacht die Insel verlassen haben könnte?«

Sam stieß sich vom Türrahmen ab und schlenderte in den Raum, um dicht vor Mags stehen zu bleiben.

»Beides.«

Er griff mit einer schnellen Bewegung an ihr vorbei und steckte sich ein Stück gebratenen Speck in den Mund.

»Und ich frühstücke immer hier.«

Mags merkte, wie sie bei Sams Bewegung die Luft angehalten hatte und trat jetzt genervt von sich selbst einen Schritt zur Seite.

»Aber du wohnst doch auf der Burg, oder?«

»Ja, als Gast von Timothy und seiner Familie. Aber Timothys Mutter, Lady Irene, frühstückt nicht. Timothy ist morgens wie die meisten Teenager in den Ferien nicht vor Mittag aus dem Bett zu bekommen, und Sir Rupert, Timothys Vater, Besitzer und Verwalter von St. Michael's Mount, hält ein ausgiebiges Frühstück für Zeitverschwendung.«

Sam hatte sich einen Teller vom Tresen genommen und füllte ihn ohne mit der Wimper zu zucken bis zum Rand voll.

»Außerdem habe ich hier Gesellschaft von der Frau meines Herzens.«

Mags blickte mit großen Augen auf, sah dann aber, wie Sam in Richtung der großen zweiflügeligen Tür zur Küche blickte und jemandem zulachte.

Elsa Sands, die Hände in die Hüften gestemmt, lachte ebenfalls und kam herüber zu den beiden.

»Du bist ein fürchterlicher Charmeur, und ich würde ja wirklich in Versuchung geraten, wenn ich nicht wüsste, dass du mich nur wegen meiner Kochkünste in dein Herz geschlossen hast.«

Sie drehte sich zu Mags um und zwinkerte.

»Wenn Sie das Herz dieses Mannes haben wollen, müssen Sie ihm nur etwas Warmes kochen. Wie es scheint, bekommt er in Oxford nicht genügend zu essen.«

Mags wusste nicht, was sie sagen sollte. Hatte Sam sie nicht um Hilfe gerufen, und sie war extra gekommen, nur damit er nun vor ihren Augen mit Elsa flirtete? Sie zog die Augenbrauen zusammen, straffte ihre Schultern und lächelte Elsa an. Sie würde sich einfach von Sam nicht mehr aus der Ruhe bringen lassen.

»Das Frühstück ist phantastisch, danke. Und die ganze Mühe, die Sie mit meiner Kleidung hatten! Ich war sehr froh, als Julia sie mir brachte. Ihre Tochter ist ganz reizend.«

Elsa lachte und zog sich einen Stuhl an den Tisch von Sam und Mags.

»Reizend? Nun ja, wenn Sie ihr Aussehen meinen, ja. Ansonsten lassen Sie sich nicht von ihr täuschen. Ich liebe sie heiß und innig, verstehen Sie das nicht falsch, aber sie ist bei ihrer engelsgleichen Schönheit immer noch ein pubertierendes Mädchen. Eines, wie sie mir gestern in aller Ausführlichkeit vorgeworfen hat, das von ihrer herzlosen Mutter auf einer todlangweiligen Insel am Ende der Welt festgehalten wird.«

Elsas Augen strahlten eine Wärme und Liebe aus, während sie von ihrer Tochter erzählte, die bei Mags einen Hauch von Neid auslösten. Sie selbst hatte ihre Mutter kaum gekannt, nachdem diese sie und ihren Vater verlassen hatte, als Mags noch ein kleines Kind gewesen war. Sie hatte ein altes Foto von sich und ihrer Mutter, und kaum mehr als das.

»Wo geht Julia denn zur Schule? Fährt sie jeden Tag nach Marizion hinüber?«

»Ja, aber sie kann, wenn das Wetter im Winter und während der Frühlingsstürme zu rau ist, bei einer Freundin und deren Familie bleiben. Als sie kleiner war, hat sie immer zusammen mit Timothy darauf hingefiebert, dass am Hafen die schwarze Flagge aufgezogen wurde. An einem Black-Flag-Day fuhren weder Schiffe noch war der Damm sicher, und so hatten die beiden schulfrei. Jetzt würde sie wohl zu viel Stoff in der Schule verpassen und genießt es sicher auch, auf dem Festland shoppen zu gehen. Sie ist, seit Timothy in Oxford ist, der einzige Teenager auf der Insel. Aber zurzeit sind ja Ferien, da arbeitet sie hier bei mir und verdient sich damit etwas dazu. Also sie *sollte* bei mir arbeiten, denn seit sie Ihnen den Tee ins Zimmer gebracht hat, habe ich sie nicht ...«

Elsa schaute auf, und Mags bemerkte, wie das Strahlen aus ihren Augen wich und nur noch ein höfliches Lächeln übrig blieb.

Der Grund dafür trat anscheinend gerade durch die Tür in den Pub. Mags wandte den Kopf.

»Guten Morgen, Elsa.«

»Marc.«

Die Wirtin stand auf und blickte Mags und Sam entschuldigend an.

»Marcs Ankunft zeigt mir, dass das morgendliche Schiff vom Festland angelegt hat. Ich werde also mal frischen Kaffee und Tee kochen, die Gäste kommen bestimmt bald.«

Sam hatte die letzten Minuten damit verbracht, mit großer Konzentration seinen Teller zu leeren, und blickte nun das erste Mal wirklich auf.

»Ah, Marc! Mags, das ist Marc Winters, er ist der Touristenmanager der Insel und Angestellter des National Trust. Marc, darf ich dir Margaret Blake vorstellen? Sie ist die Gärtnerin, von der ich dir erzählt habe. Ich zeige ihr gleich die Gärten und hoffe, dass sie mich bei der Festschrift unterstützen wird.«

Mags betrachtete den Mann. Sie schätzte ihn auf fünfunddreißig Jahre. Er hatte fein säuberlich frisiertes glattes braunes Haar. Sin Anzug hatte sicherlich einiges gekostet, und er trug ein höfliches Lächeln auf den Lippen, das seine Augen jedoch nicht erreichte.

»Sehr erfreut. Darf ich?«

Ohne eine Antwort abzuwarten, setzte sich Winters zu ihnen an den Tisch und legte dabei seine schwarze Laptoptasche neben sich auf die Bank.

»Ich war ja zuerst skeptisch, was Timothys Pläne für die Festschrift angingen. Als der Junge mir erzählte, einer seiner Professoren in Oxford sei ein Experte für die Geschichte Cornwalls, habe ich einen verstaubten, langweiligen, mit Jahreszahlen um sich werfenden Nerd erwartet.«

Marc Winters hielt kurz inne.

»Und als mir dann Sam vorgestellt wurde, wurden meine Erwartungen voll erfüllt.«

Er lachte über seinen Witz und bediente sich ungefragt aus der Kaffeekanne, die auf dem Tisch stand.

»Aber Scherz beiseite, ich glaube, die Festschrift wird einigen Touristen gefallen, und die anderen werden sie allein deswegen kaufen, weil Sir Rupert das Vorwort schreiben wird und Sams akademische Titel sich ja auch gut im Bücherregal machen werden. Lesen wird es doch ohnehin keiner.«

Sam schien sich durch nichts, was Winters sagte, angegriffen zu fühlen, und lächelte weiterhin.

»Mags, du musst wissen, dass Marc es geschafft hat, die Besucherzahlen auf der Insel in den letzten drei Jahren fast zu verdoppeln. Er mag vielleicht keine Ahnung von Geschichte haben, aber auf seinem Gebiet ist er wirklich gut.«

Mags war sich trotzdem nicht sicher, was sie von dem geschniegelten Mann halten sollte, der so wenig in den gemütlichen Gastraum und auf die Insel zu passen schien. Winters schien ihr Unbehagen nicht wahrzunehmen und lehnte sich noch etwas weiter über den Tisch.

»Und Sie Maggie, Sie …«

»Margaret.«

Winters schien kurz aus dem Konzept gebracht.

»Ah, und Sie sollen also Sam ein bisschen mit dem ganzen Pflanzenkram unter die Arme greifen? Gerade für Hobbygärtner ist die Insel ja immer wieder ein Magnet. Ich …«

Mags wollte gerade den Mund öffnen, als Winters mitten im Satz abbrach und sein Gesicht einen fast andächtigen Ausdruck annahm.

Mags folgte seinem Blick und sah Julia Sands durch die Küchentür in den Schankraum treten, eine Platte mit Kuchen in der Hand. Sie blickte zurück zu Marc Winters, der sich bemühte, den Gesprächsfaden wieder aufzunehmen. Was ihm nicht gelang, da Julia den Kuchen abstellte und nun an ihren Tisch trat.

»Guten Morgen, Dr. Hawthorn. Guten Morgen, Marc.«

Sie legte wie beiläufig eine Hand auf Winters' Schulter und verstärkte ihr Lächeln noch einmal. Mags musste ein Grinsen unterdrücken. Auch wenn Julia gerade mal sechzehn Jahre alt war, wusste sie um ihre Wirkung. Neugierig blickte sie auf Sam. Was löste Julia in ihm aus? Doch Sam unterbrach seine konzentrierte Arbeit an dem Berg Rührei auf seinem Teller nur für ein kurzes Lächeln und Nicken.

Winters hatte sich wieder gefangen.

»Guten Morgen, Julia. Hast du Margaret Blake schon kennengelernt? Sie hat ein Faible für Gärten und hilft unserem Gelehrten hier bei seiner Festschrift.«

Mags hatte erneut das Bedürfnis, Winters mit seiner Nase in den Kaffee zu tunken.

»Oh, ja. Hallo noch mal, Miss Blake.«

Mags konnte ein Blitzen in Julias Augen sehen.

»Meine Mutter erzählte mir, dass Sie eine eigene Gartenfirma betreiben und in ganz Cornwall bekannt sind. Sie haben doch den Garten des Crown Hotels gestaltet, richtig? Wir waren mit unserer Schulklasse letztes Jahr zum Skulpturenfest dort. Wirklich beeindruckend, wie man im Garten immer wieder auf etwas Neues stößt. Die Pflanzen wirken wie Rahmen für die Skulpturen. Es ist wirklich wunderschön.«

Julia hatte ihre Hand immer noch auf Winters' Schulter und zwinkerte Mags zu, die ein Lachen unterdrücken musste. Julia hatte einen sehr geschickten Weg gewählt, Winters einen Dämpfer zu verpassen. Und Mags hatte sicherlich nicht vor, Julias Übertreibung, ihr Gartenservice sei in ganz Cornwall bekannt, zu korrigieren.

»Ja, das ist mein Projekt. Danke, ich freue mich, wenn jemandem meine Arbeit gefällt. Meistens arbeite ich ja eher in privaten Gärten, so ein öffentliches Projekt wie das Hotel von Jules Smith ist immer wieder spannend.«

Marc Winters hatte genau zugehört, und Mags konnte förmlich sehen, wie die Rädchen in seinem Kopf sich bewegten. Jules Smith war ein einflussreicher Mann in Cornwall, dem mittlerweile mehrere Hotels, zwei

Brauereien und ein nicht unerheblicher Teil der privaten Jachthäfen am Hellford River gehörten. Und außerdem ein Verwandter von Miss Clara, was Winters ja nicht zu wissen brauchte.

»Ah, Margaret, den Garten habe ich natürlich auch schon gesehen. Er ist ein Meisterwerk. Sie und Jules müssen wirklich stolz sein.«

Mags war sich sicher, dass Winters wahrscheinlich weder den Garten gesehen noch irgendeine Berechtigung hatte, Jules beim Vornamen zu nennen. Doch bevor sie ihn mit ein, zwei gut platzierten Fragen zu ihrem Garten in Verlegenheit bringen konnte, ging die Tür zum Pub mit einem lauten Krachen auf, und ein Mann stürmte herein.

4

Mags konnte einen kurzen Blick auf einen grauen Parka, robuste Stiefel und ein ziemlich teuer aussehendes riesiges Fernglas erhaschen, über dem ein schmales, hageres Gesicht mit einem ungepflegten Dreitagebart aufragte. Ein Gesicht, das ziemlich rot und wütend aussah und zu einem vielleicht fünfzigjährigem Mann gehörte.

»Winters! Sie verdammter Ignorant!«

Winters seufzte und stand seinerseits auf.

»Rathbone. Womit habe ich denn heute mal wieder Ihren Unmut auf mich gezogen?«

Mags fand es mutig bis dumm von Winters, mit einem derartig süffisanten Ton dem Mann zu begegnen, der sichtlich vor Wut kochte. Julia war einen Schritt vorgetreten und hatte sich zwischen die beiden Männer gestellt.

»Sebastian, bitte. Meine Mutter wird nicht erfreut sein, wenn hier im Pub ...«

Sie wurde von dem wütenden dünnen Mann unterbrochen.

»Julia, weißt du, was er vorhat? Ein Feuerwerk! Ein verdammtes Feuerwerk hier auf der Insel, zum Jubiläum. Er hat sogar schon die Entwürfe für die Plakate in Auftrag gegeben.«

Winters stöhnte und fasste sich theatralisch an die Stirn.

»Wie konnte ich bloß auf die Idee kommen, etwas mit einem Feuerwerk zu feiern. Mein Gott, Rathbone. Wo liegt denn dabei schon wieder das Problem?«

Der dünne Mann zischte mehr, als dass er sprach:

»Das Feuerwerk wird über der Burg stattfinden, richtig? Abends, wenn es dunkel ist. Genau neben den Nistplätzen der Dohlen. Das werde ich nicht zulassen.«

Jetzt war es an Winters, ebenfalls die Stimme zu senken.

»Nicht zulassen? Wollen Sie mir schon wieder irgendwelche Stolpersteine in den Weg legen? Ich warne Sie, ich warne Sie eindringlich. Wenn Sie so weitermachen, dann …«

»Dann was? Das Feuerwerk verstößt gegen das Gesetz zum Schutz bedrohter Tierarten. Die Dohlen stehen unter diesem Schutz. Egal, wie vielen Leuten Sie in den Arsch kriechen werden, es wird Ihnen nichts nützen. Ich hetze Ihnen von der Polizei bis zur Presse alles auf den Hals, wenn Sie an Ihrem Plan festhalten! Ein Feuerwerk kommt nicht in Frage.«

Mags konnte Winters bis zu ihrem Platz mit den Zähnen knirschen hören.

»Passen Sie mal auf, Sie armseliger Idiot.«

»Schluss jetzt!«

Elsa Sands Stimme klang leise, aber dafür umso eindringlicher durch den Raum. Die Wirtin kam mit großen Schritten auf die beiden Männer zu, Adam hinter sich.

»Marc, du gehst. Sofort. Solche Ausdrücke dulde ich nicht in meinem Haus.«

Marc öffnete den Mund, schloss ihn mit einem Blick

auf Adam wieder und griff nach seiner Tasche. Im Rausgehen drehte er sich noch um.

»Rathbone, an Ihrer Stelle wäre ich verdammt vorsichtig!«

Elsa wandte sich an den dünnen Mann.

»Und auch du gehst jetzt.«

Der Vogelschützer blickte wütend in die Runde und
zögerte.

»Sofort!«

Rathbone drehte sich auf dem Absatz um und stürmte zur Tür hinaus. Elsa seufzte.

»Was war denn hier los? Ich habe nur die letzten Sätze
mitbekommen.«

Mags hatte den ganzen Streit mit wachsender Sorge
beobachtet und war froh, dass Elsa eingegriffen hatte.

»Es ging wohl um ein Feuerwerk, das Winters plant –
und wenn ich es richtig verstanden habe, würde das
Feuerwerk Vögel stören, die auf der Insel nisten?«

Sie blickte fragend zu Sam, der trotz des Streites see-
lenruhig seinen Teller bis auf den letzten Krümel geleert
hatte und sich gerade mit einer Serviette den Mund ab-
wischte.

»Die Dohlen. Genauer gesagt, zwei davon. Seit letz-
tem Jahr nistet ein Paar cornischer Dohlen hier. Pyrrhocorax pyrrhocorax, das Wappentier Cornwalls.
Schwarzer Körper, roter gebogener Schnabel, rote Beine? Du kennst das doch sicherlich aus dem Unterricht?
Sie leben hier auf der Insel.«

Julia mischte sich ein, aufgeregt und voller Begeisterung.

»Sie leben *wieder* hier auf der Insel. Es ist wie ein

kleines Wunder. 1947 gab es das letzte nistende Paar hier. Das Weibchen starb, und das Männchen ist noch mehrere Jahre alleine auf der Insel geblieben. Dann gab es in ganz England keine einzige cornische Dohle mehr. Bis 1991. Und man ist davon ausgegangen, dass das auch so bleiben würde. Die Dohlen brauchen die Wiesen nahe der Felsen, um ihre Nahrung zu finden. Und die wurden immer weniger oder durch die Schafherden zerstört. Dann tauchte wieder ein Paar auf. Durch Freiwillige, die die Nester vor tierischen und menschlichen Räubern schützen, wird der Bestand größer. Können Sie sich vorstellen, dass wirklich Leute noch in den Felsen herumklettern und den Vögeln ihre Eier klauen, um sie zu Hause in Schubladen zu legen? Barbarisch!«

Das Mädchen hatte sich ebenso wie Rathbone in Rage geredet und schaute mit einer vielsagend hochgezogenen Augenbraue auf Sam, der ungerührt davon seine zweite Portion Rührei verschlang. Mags musste an die Vogeleier denken, die sorgfältig beschriftet und aufgereiht im Wohnzimmer ihres Elternhauses gelegen hatten. Die Sammlung ihres Vaters, der als Kind in den Klippen Cornwalls auf die Jagd gegangen war. Sie selbst hatte sie vor dem Verkauf ihres Elternhauses sorgfältig in Papier gepackt und in einer Kiste auf Miss Claras Dachboden verstaut. Aber das würde sie Julia besser nicht erzählen.

»Sebastian hat es sich zur Aufgabe gemacht, die Dohlen zu beobachten und zu schützen. Ich helfe ihm dabei. Gerade wollte ich selbst bei Marc rausfinden, was er mit dem Feuerwerk geplant hat. Ich wäre sicherlich erfolgreicher gewesen.«

Sie lächelte leicht und strich sich das Haar aus dem Gesicht. Mags sah, wie Elsa die Augen verdrehte.

»Julia ist seit einiger Zeit begeisterte Naturschützerin und streift mit Rathbone über die Insel.«

Sie wandte sich ihrer Tochter zu.

»Hör auf, mit Winters zu flirten, um deine Ziele zu erreichen. Das meine ich ernst. Der Mann ist, da muss ich Sebastian zustimmen, ein selbstverliebter Idiot. Und die können sehr unangenehm werden. Damit kannst du noch nicht umgehen, also lass es.«

Mags sah, wie Julia rot wurde und zu einer Entgegnung ansetzte.

Doch Sam sprang auf, lächelte in die Runde, als würde er die schlechte Stimmung nicht wahrnehmen, und drückte Mags ein kleines Buch in die Hand, das er wohl in seiner Hosentasche aufbewahrt hatte.

»Das ist eine kurze Geschichte der Insel. Ich muss noch einmal in die Burg, dann hole ich dich hier ab und zeige dir alles. Du kannst dich schon ein bisschen einlesen, ja? Und wegen des Feuerwerks würde ich mir keine Sorgen machen. Sir Rupert wird dem schon einen Riegel vorschieben. Die Dohlen tauchen auch im Wappen seiner Familie auf – und für Sir Rupert ist so etwas heilig.«

Er deutete eine knappe Verbeugung vor Elsa und Julia an, die sich immer noch feindselig ansahen.

»Damen meines Herzens, ich bitte Euch, den Frieden zu wahren. Mister Winters ist ein feines Windei und hat Eure Aufmerksamkeit in keinster Weise verdient.«

Mags musste wider Willen kichern. Aber erst, als Sam aus der Tür war.

5

Wenn es Sams Ziel gewesen war, Julia den Wind aus den Segeln zu nehmen, so hatte er es erreicht. Mutter und Tochter standen sich gegenüber und lächelten beide. Dann griff Elsa nach Sams leerem Teller.

»Vergiss nicht, dass Timothy um drei kommt, um mit dir für die Prüfungen zu lernen.«

Mags konnte sehen, wie Julia die Augen verdrehte und einen Flunsch zog. Elsa hatte es auch gesehen und hob leicht die Stimme.

»Julia! Timothy nimmt sich Zeit, dir zu helfen, ohne Geld dafür zu verlangen. Ohne ihn würdest du Prüfungen nicht bestehen. Aber du hast die Wahl. Lernen mit Timothy, der, und das ist mir völlig unverständlich, wirklich große Geduld mit dir hat – oder die Prüfungen ohne Nachhilfe machen und durchfallen. Das Jahr wiederholen oder ganz ohne Abschluss dastehen. Du entscheidest, du bist alt genug.«

»Ach, dafür bin ich also plötzlich alt genug? Wofür brauche ich den blöden Abschluss denn? Ich will ja gar nicht studieren. Ich werde Naturschützerin wie Sebastian. Er sagt, er hat Kontakte und kann mir einen Job verschaffen.«

Nun wurde Elsas Stimme doch lauter.

»Sebastian ist ein Idiot! Anscheinend sind heute eine Menge davon unterwegs. Wenn du wirklich etwas verändern willst, dann studiere Jura oder Biologie oder was auch immer. Wissen ist Macht.«

Sie wollte noch mehr sagen, doch Julia war schon bei den letzten Worten ihrer Mutter durch die Küche verschwunden.

Mags blickte besorgt zu der immer noch schwingenden Küchentür.

»Wird sie wirklich den Abschluss sausen lassen?«

Elsa schüttelte den Kopf und schnaubte laut.

»Nein, sie wird schon lernen. Sie will den Abschluss ja selbst. Das ganze Theater soll mich nur provozieren. Manchmal habe ich das Gefühl, die ganzen letzten Jahre waren für Julia eine einzige Übung darin, mich auf die Palme zu bringen.«

Mit einem wehmütigen Lächeln setzte sie sich zu Mags an den Tisch.

»Ich will mein kleines Mädchen zurück.«

»Ich glaube, das hat mein Vater sich sicherlich auch mehr als einmal gewünscht.«

Mags grinste bei der Erinnerung daran, wie entsetzt ihr Vater auf die ersten Anzeichen ihrer Pubertät reagiert hatte.

»Aber er hat es ja schon hinter sich, er hat jetzt ja seine kluge, gelassene und liebenswerte Tochter wieder – ich muss darauf wahrscheinlich noch Jahre warten.«

Und damit griff Elsa seufzend nach der Kaffeekanne, stand auf und ging in Richtung Küche.

Mags blieb schweigend sitzen und schloss die Augen. Der Schmerz, der sie jedes Mal überkam, wenn jemand von ihrem Vater sprach, überrollte sie auch jetzt. Ihr Vater war bei einem Autounfall ums Leben gekommen, und Mags hatte sich nicht verabschieden können. Maximilian Blake war nicht mit der Heirat seiner Tochter und ihren Entscheidungen einverstanden gewesen und hatte es ihr deutlich gezeigt. Ihr Vater war ein liebevoller, aber auch unglaublich sturer und dickköpfiger Mensch gewesen. Sie hatten die Jahre vor seinem Tod nur wenig miteinander gesprochen.

Mags holte tief Luft. Sie fühlte nicht nur Trauer wegen seines Todes. Es war auch Scham, die sie heiß überkam, wenn sie daran dachte, wie sehr sie und ihr Vater sich bei ihrer letzten Begegnung gestritten hatten. Wie leichtfertig sie ihre enge Beziehung aufs Spiel gesetzt hatten, weil beide jeweils ihren Weg für den einzig richtigen gehalten hatten. Heute wusste sie, dass weder sie noch ihr Vater recht gehabt hatten. Sie hatte sich in Arthur getäuscht und ihre Heimat und ihre Träume für eine überstürzte Ehe aufgegeben. Ihr Vater hatte ihr jegliche Fähigkeit, eigene Entscheidungen zu treffen, abgesprochen und ihr in seiner Arroganz keinen Rückweg offen gelassen.

Er war auf dem Rückweg von einem Auftrag zu schnell gefahren, die Straße regennass, die Reifen seines alten Transporters abgefahren, die Bremsen hatten versagt. Schmerz und Scham. Heute würde Mags einiges dafür tun, um die Zeit zurückdrehen zu können.

6

Statt in dem Buch zu lesen, dass Sam ihr gegeben hatte, setzte sich Mags vor den Pub in die warme Sonne und ließ das Treiben auf der Insel auf sich wirken. Gerade hatte die Ebbe ihren tiefsten Stand erreicht, und sie konnte eine große Gruppe von Menschen sehen, die sich über den schmalen Damm zu Fuß auf den Weg zur Insel machten. Bei Tageslicht sahen der Damm und das ihn umgebende Watt friedlich und harmlos aus, doch Mags schauderte noch bei der Erinnerung an den letzten Abend. Sie selbst war in Rosehaven aufgewachsen, am Hellford River. Der River war, so hatten sie es alle in der Schule gelernt, eine Flussmündung, die nach der letzten Eiszeit durch den Anstieg des Meeresspiegels überschwemmt worden war. Sie konnte sich daran erinnern, dass der Lehrer von einer ertrunkenen Flussmündung gesprochen hatte, ein Bild, das bei ihr hängengeblieben war. Auch in Rosehaven lag bei Ebbe der kleine Hafen frei. Sie wusste seit ihrer Kindheit um die Gefahren von Ebbe und Flut, aber hatte sie alle in den Wind geschrieben und – aber das würde sie Sam gegenüber nicht eingestehen – sich wirklich verantwortungslos verhalten. Wenn Adam nicht gewesen wäre …

Über den gepflasterten Platz, der an den Pub mit seinen sonnenbeschienenen Tischen und Bänken grenzte, bummelten einige Touristen, die wie Marc Winters bei

Flut mit einem der kleinen Fährschiffe zur Insel übergesetzt waren. Sie selbst war nicht zum ersten Mal auf der Insel. Neben dem obligatorischen Schulausflug, der eine Ewigkeit zurücklag und an den sie sich nur schwach erinnerte, war sie mit vielleicht zwölf oder dreizehn Jahren mit ihrem Vater hier gewesen. Sie schreckte auf, als sie eine Hand auf ihrer Schulter spürte.

»Bereit?«

Mags lächelte Sam an.

»Ich habe mich nur gerade an meinen letzten Besuch auf der Insel erinnert. Aber das ist wirklich schon lange her.«

»Wann war das?«

»Vor einer Ewigkeit. Mein Vater arbeitete gerade an einem Auftrag und hatte einen alten Senkgarten wieder freigelegt.«

Während sie nebeneinander den gewundenen Weg einschlugen, der sie zur westlichen Seite der Insel und damit zu den Gärten bringen würde, blickte Sam Mags fragend an.

»Ah, entschuldige. Ein Senkgarten ist ein tiefergelegter Gartenteil, im neunzehnten Jahrhundert meist in rechteckiger Form ausgehoben, manchmal noch mit kleinen Beeten an den Seiten oder einem Wasserbecken in der Mitte.«

»Gibt es einen Grund, Gärten so zu – versenken?«

Mags lächelte.

»Und ob. Wärme. Die Temperaturen in einem Senkgarten sind höher als in seiner Umgebung. Wenn der Gärtner bei der Anlage des Gartens dann auch noch viel mit Steinen gearbeitet hat, steigt die Temperatur selbst nachts deutlich. Die Steine speichern die Wärme des Tages und geben sie an ihre Umgebung, also die Pflanzen ab. In Senkgärten, je nach Region und Sonneneinstrahlung, die Frostverhältnisse im Winter mit bedenkend, kann man also Pflanzen setzen und halten, die ansonsten mit dem vorherrschenden Klima nicht zurechtkommen würden.«

»Und warum wollte dein Vater dann damals auf die Insel? Hier gibt es keinen Senkgarten. Eher das Gegenteil.«

Mags blieb stehen, drehte sich um und bewunderte die Aussicht. Der kleine Hafen mit seinen Kaimauern, der Pub und die umgebenden Häuser des Dorfes und dann die Bucht mit dem Damm, der langsam wieder von Wasser überspült wurde. Die weißen Häuser von Marizion schimmerten im klaren Herbstlicht. Dann drehte sie sich um und blickte Sam lächelnd an.

»Das stimmt, die Gärten sind in die Westseite der Insel gearbeitet. In den Felsen. Wenn wir gleich dort sind, musst du einmal eine Hand auf die Felsen legen. Sie hatten jetzt erst einige Stunden Sonne, und noch dazu die tiefer stehende Herbstsonne, aber sie werden trotzdem noch wie eine Heizung strahlen. Die Wärme, die sie über Tag speichern und in der Nacht abgeben, die Sonnenstunden hier auf der Insel und der Golfstrom: Alles zusammen führt dazu, dass es auf St. Michael's Mount einen Garten gibt, in dem zum Beispiel Puya, Agaven, Aloe Vera oder auch Schmucklilien ihr perfektes Umfeld finden. Die Vielfalt der hier angepflanzten Sukkulenten ist einmalig. Die Gärtner züchten seit Jahren, kreuzen die verschiedenen Arten und haben es geschafft, den

Garten in ein Meer von blühenden Pflanzen zu verwandeln. Nicht so, wie du es kennst, nicht wie in Heligan oder den anderen großen Gärten, sondern klein, zierlich. Filigran, könnte man sagen. Mir fällt das richtige Wort nicht ein. Man hat in einigen Bereichen das Gefühl, durch einen Puppenstuben-Garten zu gehen. Und dann steht man wieder vor einer Agave, die meterhoch ist, und fühlt sich wie ein Zwerg.«

Sam hatte ihr aufmerksam zugehört, dafür schätzte sie ihn sehr. Und sie konnte wetten, dass er das, was sie ihm erzählt hatte, flüssig wiedergeben könnte.

»Dein Vater suchte also Ideen für den Senkgarten und kam hierher.«

»Ja. Ich war vielleicht dreizehn Jahre alt. Einer dieser Sommer, in denen ich zwischen Kind und Teenager gefangen war und sicherlich ziemlich zur Verwirrung meines Vaters beigetragen habe.«

Sie dachte an das Gespräch mit Elsa und seufzte.

»Ich weiß noch, dass er mit einer der Gärtnerinnen ins Gespräch kam und mich völlig vergaß. Ich glaube, ich kletterte alleine durch die Gärten und stellte mir vor, eine Prinzessin zu sein, die auf der Insel gefangen gehalten wurde und …«

Sie blickte Sam misstrauisch an, doch der lächelte sie nur an.

»Ich war zu der Zeit meistens ein Zeitreisender, der durch viele Missgeschicke im zwanzigsten Jahrhundert hängengeblieben war. Meine Mutter schleppte mich mit Vorliebe in Konzerte – und bei aller Liebe zur Musik, ein Zwölfjähriger muss sich etwas einfallen lassen, um zwei Stunden Brahms zu überstehen. Ich hörte der

Musik zu, mit sittsam auf dem Schoß gefalteten Händen, während ich in meinem Kopf wilde Kämpfe gegen das Böse ausfocht.«

Mags lachte und erinnerte sich daran, dass Sams Mutter Geigerin war und Sam zu ihrem Leidwesen schon als Kind ein Buch jedem Instrument vorgezogen hatte.

»Das klingt spannend. Aus welcher Zeit kamst du denn und …«

Sie unterbrach sich, als sie die letzte Wegbiegung umrundeten und die Gärten sich vor ihnen am felsigen Hang erstreckten.

»Sieh dir das an!«

Mags merkte, dass sie kurz davor war, vor Aufregung zu hüpfen. Sie hatte vergessen, wie magisch die Gärten der Insel wirklich waren. Sie hoffte, dass Sam etwas von dieser Magie spürte, und riss ihn begeistert an der Hand mit sich.

»Siehst du dahinten die riesige Agave? Das ist eine Agave americana.«

Mags blickte ehrfurchtsvoll zu der vielleicht sieben Meter großen Pflanze. »Sie ist eine Hapaxanthe Pflanze, das heißt, sie blüht nur ein einziges Mal und stirbt danach. Ich vermute, die Pflanze hier ist vielleicht dreißig oder vierzig Jahre alt. Sollte sie blühen, wird es ein Ereignis sein. Aber sobald die Blüte vorbei ist, stirbt sie.«

Mags ging weiter über die schmalen, von Metallgeländern gesäumten Wege. Sam zog sie in ihrer Begeisterung hinter sich her.

»Es ist erstaunlich, was das Klima, die Kombination aus den warmen Steinen, dem Golfstrom und der salzigen Luft hier alles wachsen lässt!«

Sie lief begeistert weiter und hockte sich dann neben ein schmales Mauerstück, das die Erde hielt, auf der lauter kleine, wie knubbelige Außerirdische aussehenden Pflanzen wuchsen.

»Und hier, das sind alles unterschiedliche Sukkulenten. Ich kenne nur eine Handvoll davon mit Namen, den Rest habe ich noch nie gesehen. Ich wette, die Gärtner der Insel haben eine Menge Hybride gezüchtet.«

Mags stand auf und zog Sam einfach weiter. Der schmale Weg, der durch die Gärten führte, bot einen phantastischen Ausblick auf das Meer und die wellenumspülten Klippen. Doch Mags hatte nur Augen für die Pflanzen.

»Siehst du die Felsnische und wie sorgfältig gearbeitet wurde, um einen Ort mit Erde zu schaffen, der das Wasser und die Wärme speichert und das alles ermöglicht? Als der Garten vor so vielen Jahren angelegt wurde, war hier nur Fels mit einigen Grasbüscheln, in denen Vögel brüteten. Und jetzt das.«

Mags strich beim Gehen immer wieder leicht über die Blüten oder Blätter einiger Pflanzen.

»Die Familie von Sir Rupert hat dann nach und nach immer mehr Samen und Setzlinge aus aller Welt mitgebracht. Ich wette, wir sprechen hier über Hunderte unterschiedlicher und auch seltener subtropischer Pflanzen. Was für eine Arbeit! Wahrscheinlich sind die Gartenbücher der letzten hundert, ach was, zweihundert Jahre aufbewahrt worden. Sind sie in der Burg? Hast du sie schon gesehen?«

Jeder Gärtner, der etwas auf sich hielt, führte ein Tagebuch seines Gartens, in das er Pflanzzeiten eintrug, das Wetter dokumentierte, Pläne der Beete und Flächen zeichnete und jede noch so kleine Information festhielt. Je nach Talent des Gärtners waren sie mit wunderschönen Zeichnungen versehen. Auch Mags' Vater hatte über seine Projekte Tagebuch geführt, und sie hütete die in schwarzes Leder gebundenen Bände wie ihren Augapfel.

Wenn sie nur die Gartenbücher der Insel in die Hände bekommen könnte!

Sam antwortete nicht, sondern war auf dem Weg neben ihr einfach stehen geblieben und grinste über ihre Schulter hinweg von einem Ohr bis zum anderen. Mags schnaubte. Sie wusste, sie redete wie ein Wasserfall, aber er wollte doch ihre Mitarbeit, und gegen die Vorträge, die er sonst sofort bei jedem Thema von sich gab, war sie wirklich harmlos!

»Sam? Du könntest wenigstens zuhören! Die Gartenbücher? Du wolltest doch etwas über die Geschichte der …«

Mags sah, wie sich Sams Lächeln zu einem breiten Grinsen verzog und er über ihre Schulter hinweg jemandem zuzuzwinkern schien.

»Was …?«

»Sprich ruhig weiter, Mädchen. Du scheinst ja etwas mehr Ahnung von Gärten zu haben als dein zu lang geratener Freund.«

44

7

Die raue und sarkastische Stimme gehörte zu einer Frau, deren grüne Latzhose mit dem verstärkten Stoff an den Knien sie als Gärtnerin auswies. Unter einer verblichenen Baseballkappe stachen hellblaue Augen scharf hervor, und die langen weißen Haare waren zu einem dicken Zopf gebunden. Ihr Gesicht war faltig und braun gebrannt, und in der Hand hielt die Frau einen Hammer, mehrere kleine Stangen und Absperrband. Mags merkte, wie sie rot wurde.

»Ich denke schon, dass ich mehr als nur ein bisschen Ahnung habe.«

Die Frau vor ihr zog nur die Augenbraue hoch und schüttelte lächelnd den Kopf.

»Was wollen Sie …«

Mags spürte Sams Hand auf ihrer Schulter, als er sie unterbrach.

»Mags, darf ich dir Irene Jacobs vorstellen? Die Hauptgärtnerin der Insel. Irene, das hier ist Margaret Blake, eine enge Freundin von mir.«

Widerwillig streckte Mags der Frau die Hand entgegen. Sie war stolz auf das Wissen, das sie sich über Gärten und insbesondere die Gärten Cornwalls über die Jahre erarbeitet hatte – und zugegebenermaßen empfindlich, wenn jemand ihre Qualifikation als Gärtnerin in Frage stellte. Denn leider hatte sie eben keine abgeschlossene Ausbildung, geschweige denn ein abgeschlossenes Studium. Die schnelle Hochzeit mit Arthur, der Umzug nach Amerika und dann die Schulden hatten ihr keine Zeit gelassen, und das nagte an ihr. Sie sah das amüsierte Funkeln in den Augen der Gärtnerin und merkte, wie ihre Wut größer wurde. Doch bevor sie etwas sagen konnte, nahm Sam ihr den Wind aus den Segeln.

»Und Mags, wenn du Irene besser kennen würdest, wüsstest du, dass du gerade fast geadelt wurdest, als sie dir ein bisschen Ahnung zusprach. Mit mir spricht sie erst gar nicht über die Gärten, weil ich – was war das noch genau?«

Sam wandte sich der kleinen Frau zu, die die Hände energisch in die Hüfte gestemmt hatte.

»Weil du ein hochnäsiger, ignoranter Schnösel aus Oxford bist?«

Irene schien sichtlich Spaß daran zu haben, Sam die Beleidigungen um die Ohren zu schlagen. Doch der gab sich ungerührt.

»Ach ja, genau.«

Mags grinste nun doch. Wer auch immer sich traute, Sam so etwas zu sagen, konnte gar nicht so schlimm sein.

»Du bist also die Kleine von Maximilian Blake?«

Okay, nein, sie mochte die Frau doch nicht. Kleine! Mags schnaubte und wollte gerade Luft holen, als Irene Jacobs nächster Satz sie völlig aus dem Konzept brachte.

»Du bist deiner Mutter wie aus dem Gesicht geschnitten.«

Ihrer Mutter. Irene Jacobs musste ihre Mutter gekannt haben – sie selbst hatte kaum Erinnerungen an ihre Mutter. Und auch in Rosehaven sprachen die Leute nicht über die Frau, die damals so einfach gegangen war. Mags vermutete, dass das zum einen aus dem Bedürfnis heraus geschah, sie zu schützen, dass aber auch sicherlich die Autorität ihres verstorbenen Vaters noch weit über seinen Tod hinausreichte, um jeglichen Klatsch im Keim zu ersticken. Der große Maximilian Blake hatte ab dem Tag, an dem seine Frau das gemeinsame Haus in Rosehaven verlassen hatte, nie wieder ein Wort über sie verloren. Erst vor wenigen Wochen hatte Mags durch Zufall erfahren, dass ihre Mutter eine Künstlerin gewesen war, und dass sie es gewesen war, die ihrem Vater damals das Zeichnen beigebracht hatte. Seitdem rang sie mit sich selbst, ob sie die Vergangenheit lieber im Dunklen lassen oder weiterforschen sollte. Sollte sie sich auf die Suche nach ihrer Mutter machen? Sie hatte immer noch das Gefühl, ihren Vater damit zu verletzen. Er hatte sie groß gezogen, er war da gewesen, nicht diese für sie unbekannte Frau. Sie hatte zwei Fotos, aber keine Erinnerung an sie. Mags holte tief Luft.

»Sie kannten meine Mutter?«

Doch bevor sie ihr weitere Fragen stellen konnte, drängte sich die Gärtnerin ruppig an ihnen vorbei.

»So, und jetzt aus dem Weg. Unten am Klippenweg blüht eine der Bromelien – und wenn ich das nicht weit sichtbar absperre, kommt nachher noch einer dieser verdammten Touristen auf die Idee, sie zu pflücken.«

Mags setzte noch mal zu einer Frage an, doch Irene

ging weiter, als hätte sie sie nicht gehört. Sam hielt sie zurück, als sie der Gärtnerin hinterherstürzen wollte.

»Mags, vergiss es. Wenn Irene nicht reden will, dann tut sie das auch nicht. Sie wird später mit dir sprechen. Glaub mir, jetzt hat es keinen Sinn.«

Sie blickte Irene kopfschüttelnd nach, ließ sich dann aber von Sam in die entgegengesetzte Richtung ziehen. Sie würde später mit der Gärtnerin sprechen.

»Eigentlich war ja der Plan, dass sie mir die Informationen über den Garten gibt und ich daraus den Teil für die Festschrift zusammenbaue. Aber sie weigert sich, mit mir über die Gärten zu sprechen, wie du gehört hast.«

Nun sah Sam wirklich geknickt aus. Bei Mags machte es Klick.

»Also hast du gestern darauf angespielt? Du hast mich gerufen, damit ich deine Gärtnerin besänftige?«

»Nun ja … Ich dachte, vielleicht kommst du besser mit ihr klar, und du verstehst ja auch, wovon sie spricht, wenn sie mit den ganzen Pflanzennamen um sich wirft, und …«

Er unterbrach sich und zog Mags weiter mit sich.

»Kennst du eigentlich die Sage von dem Riesen, der hier auf der Insel gelebt haben soll? Es gibt sogar einen alten Brunnen, in den er angeblich geworfen wurde.«

8

Mags wusste, dass sie schmollte wie ein kleines Kind, aber es war ihr egal. Sie hatte Irene Jacobs aufhalten wollen, um mehr über ihre Mutter zu erfahren, aber Sam hatte sie daran gehindert und sie einfach weitergezogen und dabei unaufhörlich über die Geschichte der Insel erzählt.

Sie sollte sich zusammenreißen. Die Mitarbeit an der Festschrift war nicht schlecht als Werbung und würde sicherlich ihren Ruf als ernstzunehmende Gärtnerin untermauern. Und Sam meinte es, zumindest nahm sie das an, nur gut. Ihre Mitarbeiter waren tatsächlich in der Lage, für einige Tage die Aufträge abzuarbeiten, zumal es zurzeit meist nur die üblichen Gartenpflegeaufgaben waren. Sie hatten gerade das letzte große Projekt dieses Jahres, einen neu angelegten Bauerngarten für ein renoviertes Cottage, abgeschlossen. Und nun waren sie dabei, die Gärten der Ferienhäuser winterfest zu machen, die letzten Stauden zurückzuschneiden und all die anderen Handgriffe zu tun, die im Herbst im Garten anfielen.

Daher sollte sie die Tage auf der Insel einfach genießen. Sie würde bleiben, jawohl, würde für die Festschrift eine verdammt gute Arbeit abliefern und sicherlich innerhalb der nächsten Tage Irene Jacobs festnageln können, dass sie ihr mehr Informationen über ihre Mutter verriet. Wobei ihr die Vorstellung Bauchschmerzen bereitete. Wollte sie wirklich etwas über die Frau erfahren, die sie damals so einfach verlassen hatte?

Entschlossen unterbrach sie Sams immer schneller gewordenen Monolog.

»Ich mach es.«

Sam, der eben noch in einem nie enden wollenden Satz gefangen war, blickte sie verwirrt an.

»Du machst was?«

»Ich helfe dir bei deiner Festschrift und schreibe den Teil über die Gärten. Ich wage mich in die Höhle des Löwen, befrage Irene Jacobs und bleibe für einige Tage hier auf der Insel.«

Über Sams Gesicht breitete sich ein erleichtertes Lächeln aus.

»Aber ich habe Bedingungen.«

Sam zog die Augenbrauen zusammen.

»Ach ja?«

»Erstens: Mein Name und ein Hinweis auf den Gartenservice werden in der Broschüre erwähnt, und zwar deutlich sichtbar.«

Als Sam zu einer Widerrede ansetzen wollte, hob Mags die Hand.

»Ich bin noch nicht fertig, und außerdem sind die Bedingungen nicht verhandelbar.«

Sie drehte sich lächelnd um und blickte auf das vor ihr liegende Meer. Es fühlte sich an, als wäre sie wieder zwölf Jahre alt und in den Ferien. Sie holte tief Luft. Keine körperliche Arbeit, keine fremden Gärten. Sie hätte es wahrlich schlechter treffen können. Aber sie würde Sam nichts von ihrer Zufriedenheit zeigen, sonst würde der sich nachher noch bestätigt fühlen in seinem unmöglichen Verhalten.

»Zweitens: Du hörst auf, mir bei jeder sich bietenden Gelegenheit einen Vortrag über die Insel zu halten. Wenn ich etwas wissen will, frage ich dich.«

Sie hörte, wie Sam die Luft einzog, und sprach schnell weiter.

»Drittens: Als Lohn ...«

Sie musste ein Lächeln unterdrücken, als sie Sam schnauben hörte.

»Als Lohn lädst du mich jeden Nachmittag auf ein Eis oder ein Stück Kuchen ein. Ein großes Eis oder ein großes Stück Kuchen. Und auch das steht nicht zur Debatte.«

Langsam drehte sie sich wieder um und blickte Sam an.

»Okay?«

Der nickte und grinste.

»Okay.«

9

Der hintere Teil des Gartens war nicht weniger bezaubernd als die offen zum Meer hin liegenden Terrassen. An den aus grob gebrochenen Stein gebauten Mauern wuchsen wilder Wein, einige Rosen und viele exotische Rankpflanzen, die Mags nicht so einfach benennen konnte. Sie merkte sich Form und Farbe der Blätter und Blüten und ärgerte sich, dass sie weder einen Fotoapparat noch ein Notizbuch und ihre Stifte dabeihatte. Sie würde noch einmal wiederkommen müssen. Sicherlich gab es in der Bibliothek der Burg vernünftige Hilfsmittel, mit denen sie ihre Wissenslücken schließen könnte. Auch das Internet war, wenn man wusste, wonach man suchen musste, eine gute Quelle. Normalerweise hätte sie in jedem anderen Garten einfach einen der Gärtner in ein Gespräch verwickelt und so alle Fragen loswerden können, aber vor Irene Jacobs wollte sie sich keine Blöße geben.

Für einige Minuten schlenderten die beiden schweigend weiter den schmalen Weg entlang. Mags konnte aus den Augenwinkeln sehen, wie sich Sam mehrmals auf die Lippe biss – wahrscheinlich musste er irgendwelche Fakten, die ihm auf der Zunge lagen, mühsam wieder herunterschlucken. Aber sie wollte die Stille und Ruhe, das morgendliche Licht genießen und reagierte nicht auf seine Grimassen. Irene Jacobs hatte gesagt, sie sei ihrer Mutter wie aus dem Gesicht geschnitten. Mags holte tief Luft und drängte auch diesen Gedanken zur Seite. Alles zu seiner Zeit.

Der Weg machte eine Biegung, und Mags konnte nun die Burg in voller Pracht sehen.

Der hellgraue Stein strahlte in der Sonne und ließ die hohen, mit Zinnen bewehrten Mauern fast sanft aussehen. Mags erinnerte sich, dass man von den Mauern einen Blick über die gesamte Bucht und die umliegende See hatte. Niemand, kein Schiff, hätte sich unbemerkt nähern können. Auch an die großen Kanonen erinnerte sie sich. Die Geschichte der Insel war nicht immer friedlich gewesen. Ihr Blick wurde von einer Bewegung vor den Burgmauern abgelenkt.

»Ist das die Burgherrin?«

Mags zeigte auf eine schlanke blonde Frau, die mit den Armen voller Blumen den kleinen Weg zur Westseite der Burg hinaufging. Ihr Gesicht war auf die Entfernung nicht zu erkennen.

Sam, sichtlich aus seinen Gedanken gerissen, blickte auf, kniff die Augen zusammen und nickte dann.

»Ja. Das ist Lady Joyce, Timothys Mutter. Sie ist zuständig für die öffentlich zugänglichen Bereiche der Burg, und ein Teil ihrer Aufgabe besteht darin, die Räume mit Blumen zu bestücken. Ich habe gehört, wie sie und Irene Jacobs sich deswegen schon öfters in der Wolle hatten. Irene mag es wohl nicht, wenn jemand sich an ihren Blumen vergreift.«

Mags musste grinsen. Auch sie mochte es nicht, wenn die Besitzer der Gärten, die sie angelegt hatte oder pflegte, ohne Sinn und Verstand alles abschnitten, was blühte. In einigen Gärten hatte sie speziell darauf geachtet, viele blühende Stauden eben zu diesem Zweck anzupflanzen, aber auch dort gab es Zeiten, in denen am besten nichts gepflückt werden sollte. Auch Blumen »erntet« man – und es gibt eben auch hier festgelegte Erntezeiten.

Mags war sich sicher, dass eine gewiefte Gärtnerin wie Irene Jacobs schon gezielt Beete gesetzt hatte, damit Lady Joyce zu ihren Schnittblumen kam. Sie hatte neben dem kleinen Nutzgarten am Fuße der Burg auch einen Schnittblumengarten gesehen. Trotzdem würde die Gärtnerin jede Blüte mit Argusaugen bewachen. Lady Joyce musste eine unerschrockene Frau sein.

Der Weg hatte sie wieder Richtung Hafen geführt, doch Sam bog links in eine schmale Abzweigung ab. Als sie um eine weitere Kurve kamen, sah Mags vor sich eine kleine Kapelle stehen.

Die grob behauenen Außenwände waren aus dem gleichen hellgrauen Stein geschlagen wie die Mauern der Burg. Die Kapelle war nicht groß. Schmale, mit buntem Glas besetzte Fenster zogen sich über die Wände des Hauptschiffes, das an der Stirnseite von einem kleinen Seitenschiff begrenzt wurde. Das Dach der Kapelle bestand aus grauen Schindeln, was eher den Eindruck eines Wohnhauses erweckte. Die Kapelle hatte keinen wirklichen Turm, sondern eine schmale Holzkonstruktion an der Ostseite, an der eine Glocke hing. Die Eingangstür war aus schlichtem Holz gefertigt und nicht verziert.

Mags ging näher und legte eine Hand auf die warmen Steine. Sie zuckte zusammen, als sie zu ihren Füßen leises Rascheln vernahm. Eine Schlange hatte ihren von der Nachtkälte noch steifen Körper durch die Morgensonne wieder geschmeidig werden lassen und glitt, gestört von den Menschen, langsam davon. Mags wollte sich gerade weiter vorbeugen, um sich die Schlange genauer anzusehen, als sie mit einem heftigen Ruck nach hinten gerissen und einige Meter zurück auf den Weg gedrängt wurde.

»Eine Schlange!«

Sams Gesicht war bleich und panisch.

»Sam!«

Mags konnte sehen, wie ihr sonst so um Gelassenheit bemühter Begleiter hektisch mit den Füßen stampfend das Gras absuchte und sich dabei um die eigne Achse drehte. Sie bemühte sich, nicht zu lachen. Der arme Kerl schien wirklich Angst zu haben.

»Sam! Sie ist schon weg. Und das war eine Ringelnatter, noch ganz träge von der Kälte. Völlig ungefährlich. Und egal, um welche Schlange es geht, zu dieser Jahreszeit sind sie ohnehin nur daran interessiert, ihre kalten Körper zu wärmen.«

Sam hörte auf, sich zu drehen, und blickte Mags wütend an.

»Du lachst.«

»Oh Sam, das würde ich nie tun. Wirklich nicht.«

Doch sie merkte, wie ein Glucksen in ihr aufstieg. Der so abgeklärte und weise Sam Hawthorn hatte also Angst vor Schlangen. Wenn sie das seinen Studenten stecken würde! Ob Studenten wohl noch ein bisschen wie Schüler waren und dann vielleicht die eine oder andere Plastikschlange in Sams Seminaren auftauchen

würde? Sam richtete sich zu seiner vollen Größe auf –
und sank dann wieder zusammen.

»Mir bleibt heute anscheinend wirklich nichts er-
spart.«

Er schloss die Augen.

»Ja, ich habe Angst vor Schlangen. Eine irrationale,
nicht erklärbare Angst vor Tieren, die sich ohne Beine
durch das Gras schlängeln und dabei ...«

Wieder konnte Mags sehen, wie er blass wurde. So
langsam hatte sie doch Mitleid.

»Sam, es gibt in Cornwall doch nur zwei Arten, un-
gefährliche Ringelnattern und giftige Kreuzottern. Aber
Schlangen spüren jede Erschütterung und sind so ganz
und gar nicht daran interessiert, Menschen zu treffen.
Sogar ich als Gärtnerin habe seit Jahren keine Kreuz-
otter aus der Nähe gesehen.«

Sam seufzte und öffnete seine Augen.

»Ich mag noch nicht mal über sie reden.«

Mags nickte und wandte sich wieder den warmen
Steinen zu.

»Okay, verstanden. Keine Schlangen. Dann erzähl
mir doch jetzt etwas über die Kapelle hier. Du hast meine offizielle Erlaubnis, so richtig mit Fakten um dich zu
werfen.«

Sam lächelte und zog Mags, nicht ohne einen vorsichtigen Blick ins Gras zu werfen, von der Kapelle weg und
einen steilen Hang hinauf.

»Ich würde wirklich gerne einen Blick in die Kapelle
werfen.«

»Wir gehen gleich wieder zurück, keine Sorge. Aber
von hier oben hast du eine wunderschöne Aussicht.«

Sam hatte recht. Mags konnte den kleinen Kirchenbau nun komplett überblicken und schaute neugierig zu Sam auf, der auch sofort mit seinem Vortrag begann.

»Das ist die Kapelle der Heiligen Anna. Es ist nicht ganz klar, wann sie gebaut wurde, ich denke, das ursprüngliche Fundament selbst stammt noch aus romanischer Zeit.«

Während Sam Einzelheiten zur Architektur und den verschiedensten Umbauten von sich gab, hatte Mags sich halb dem Meer zugewandt und genoss die Aussicht und das warme Septemberlicht.

»Sie wurde dann wohl im späten achtzehnten Jahrhundert der Heiligen Anna, Marias Mutter, geweiht.«

Sam runzelte die Stirn.

»Es gibt eine Erwähnung der Kapelle bei John Milton, in seinem Lycidas-Gedicht. Vielleicht kennst du die Illustrationen, die Turner Mitte des neunzehnten Jahrhunderts gemalt hat?«

Mags nickte. Die dramatischen Bilder und Zeichnungen des Malers William Turner kannte jeder in Cornwall. Sogar im Postkartenständer in Elsas Pub waren Postkarten mit seiner Zeichnung zu sehen. Sie wartete darauf, dass Sam weitersprach, aber der runzelte die Stirn.

»Den genauen Wortlaut der Passage, die sich auf die Insel bezieht, kann ich dir nachher sagen.«

Mags musste lächeln, weil sie sah, dass Sam sich darüber ärgerte, dass er die Zeilen nicht auswendig konnte. Sicherlich würde er nachher in der Burg als Erstes nachschlagen. So wie sie es tun würde, um die Rankpflanzen im Garten einordnen zu können.

»Die Kapelle war viele Jahre lang ziemlich verfallen, bis Sir Rupert sie vor ungefähr zwanzig Jahren wieder instand setzen ließ. Es gibt ein schönes Altargemälde, ich denke um 1800 entstanden, das die Heilige Anna mit Maria und dem Jesuskind zeigt. Timothy behauptet, einer seiner Vorfahren hätte es selbst gemalt. Der derzeitige Burgherr soll damals ein Verhältnis mit der Frau eines Fischers gehabt und sogar ein Kind mit ihr gezeugt haben, das er dann als sein eigenes in der Burg aufwachsen ließ. Die Maria im Gemälde soll die Gesichtszüge dieser Frau tragen, und das Ganze war wohl damals ein ziemlicher Skandal. Ich habe bisher in der Bibliothek und den Büchern der Insel allerdings keinen Beleg für die Geschichte gefunden.«

»Aber du hast auch keinen Beleg dafür gefunden, dass es anders war, oder?«

Jetzt musste auch Sam lächeln.

»Nein, allerdings nicht.«

»Wirst du die Geschichte in die Festschrift mit aufnehmen?«

Er zuckte mit den Schultern.

»Ich glaube, das würde Sir Rupert nicht gefallen. Komm, ich zeige dir das Bild und den Innenraum.«

Doch bevor sie den Hang vorsichtig hinabsteigen konnten, sah Mags die Tür der Kapelle auffliegen und einen jungen Mann mit blonden Haaren herausstürmen.

»Timothy?«

Doch Sams Ausruf erreichte den Mann nicht. Mags beobachtete, wie die schlanke Gestalt eilig den Weg in Richtung Burg hinauflief.

»Was war denn …«

Doch bevor Mags zu Ende gesprochen hatte, kam Sam neben ihr ins Straucheln und versuchte mit rudernden Armen, am steilen Hang das Gleichgewicht zu halten.

Die Beine rutschten ihm weg, und unter Flüchen purzelte er den Hang hinunter.

10

Mags musste ein Grinsen unterdrücken, als Sam, zerzaust und rot im Gesicht, möglichst würdevoll aufstand und sich den Dreck von der Hose abklopfte. Doch würde sie jetzt, nach der Geschichte mit der Schlange, noch mal über ihn lachen, dann wäre er ernsthaft sauer.

»Bist du verletzt?«

Mags kletterte vorsichtig den Hang hinunter.

Sams Gesicht nahm einen noch dunkleren Rotton an, dann stieß er den Atem vorsichtig aus und zuckte mit den Schultern.

»Nur mein Stolz, denke ich. Wie hoch stehen die Chancen, dass du die letzten Minuten, Schlangen und zu große tollpatschige Füße einfach vergisst?«

Mags hob die Hände und klopfte Sam einen letzten Rest Erde von seinem Jackenaufschlag.

»Schlangen? Tollpatschige Stunts an steilen Hängen? Ich weiß von nichts. Das wäre ja auch ein äußerst lächerliches Verhalten für einen respektablen Wissenschaftler aus Oxford.«

Sam lachte.

»Lass uns reingehen, wir sollten die Tür auch wieder abschließen.«

Sam holte einen großen Schlüssel aus seiner Hosentasche.

»Ich habe mir gestern den Schlüssel in Marc Winters' Büro vom Haken genommen. Ich dachte mir, dass wir uns vielleicht die Kapelle ansehen werden. Leider haben letztes Jahr ein paar Jugendliche, die auf einem Schulausflug hier waren, in der Kapelle einiges kaputt gemacht. Seither ist sie immer abgeschlossen und wird nur bei den offiziellen Führungen geöffnet.«

Mit gerunzelter Stirn blickte Sam auf die offene Tür.

»Das sieht Timothy gar nicht ähnlich.«

Mags betrat vor Sam den dämmerigen Kirchenraum und blickte sich neugierig um. Der Innenraum war schlicht gehalten. Bleiglasfenster ließen das Licht weich auf den Steinboden fallen. Es gab einige Grabplatten, die an den Wänden entlang aufgestellt waren.

»Die Platten hat Sir Rupert hier aufstellen lassen. Sie waren eigentlich an der Außenwand der Kapelle aufgereiht, aber die Witterung hier, die salzige Luft, tut ihnen nicht gut. Leider ist nur noch auf den wenigsten eine Inschrift zu entziffern.«

Mags ging von Steinplatte zu Steinplatte und versuchte, in den flachen Spuren noch Buchstaben zu erkennen.

»Timothy hat im letzten Jahr angefangen, Abdrücke der Platten zu nehmen und sie zu dokumentieren, vielleicht war er deswegen hier.«

Sams Stimme wurde von den schmalen Bögen des kleinen Hauptschiffes aufgefangen und kam in einem weichen, wispernden Echo zurück.

»Ein Team von Studenten aus Amerika hat im Sommer damit begonnen, im linken Seitenschiff den Boden zu entfernen und nach älteren Gräbern und Spuren von Fundamenten zu suchen, sei also vorsichtig. Sie haben die Grube zwar abgedeckt, da sie erst im nächsten Sommer wiederkommen, aber es ist alles etwas provisorisch.«

Mags' Finger strichen immer noch sanft über die aufgereihten Steine. Was wohl auf ihnen gestanden haben mochte? An wen sie erinnern sollten?

»Suchen die Studenten etwas Bestimmtes? Einen Schatz vielleicht?«

Sie schaute Sam unschuldig an, der daraufhin lachen musste

»Nein, eigentlich nicht. Ich glaube, sie sind für ein Austauschsemester hierhergekommen. Aber insgeheim, da bin ich mir ziemlich sicher, suchen sie, wie jeder Archäologe hier in Cornwall, nach Spuren oder Hinweisen auf König Artus.«

Mags kicherte. Jedes Jahr zogen Heerscharen von Hobbyarchäologen durch die Wiesen und Wälder rings um Rosehaven, bewaffnet mit Metalldetektoren und Spitzhacken, in der Hoffnung, Hinweise auf die Artussage zu finden. Dem Tourismus half es.

»Wir haben als Kinder einmal im alten Pfarrgarten einen überwucherten Mühlstein gefunden und waren uns sehr sicher, auf die Überreste der Tafelrunde gestoßen zu sein.«

Sie war neugierig in die Hocke gegangen und hob die Plane an.

»Na komm, vielleicht finden wir ja etwas, was sie übersehen haben.«

Sam schnaubte auf die für ihn typische Weise, kniete sich dann aber neben sie.

»Artus und die Tafelrunde sind, und das ist ausreichend von seriösen Wissenschaftlern untersucht worden, Teil einer …«

Doch bevor er weitersprechen konnte, packte Mags seinen Arm.

»Da liegt jemand.«

»Was?«

Mags schlug die Plane ganz zurück.

»Oh mein Gott!«

Die Dohle hatte sich auf ihren Beobachtungsposten zurückgezogen. Sie wusste, dass in wenigen Stunden die Insel wieder ihren menschlichen und tierischen Bewohnern gehören würde. Die Raubmöwen, Allesfresser und immer auf der Suche nach Nahrung, warteten schon auf die neben den Bänken und Papierkörben liegen gelassenen Lebensmittel. Auch sie hoffte auf ihren Anteil, ohne dass ihr die Raubmöwen in die Quere kamen. Eine junge Dohle war immer schneller als eine Möwe, aber inzwischen war sie alt.

Doch die Schiffe sammelten nicht wie sonst die Menschen auf, sondern brachten diesmal noch mehr Menschen auf die Insel, die schnell und emsig wie Ameisen ausschwärmten. Die Kapelle schien sie anzuziehen. Neugierig stieß die Dohle sich ab und ließ sich mit wenigen Flügelschlägen in Richtung des Trubels gleiten.

11

Mags hatte sich so weit wie möglich von der Kapelle entfernt auf eine der alten Mauern gesetzt und blickte aufs Meer. Der Wind hatte aufgefrischt und zerrte an ihren Haaren. Ihr war kalt. Aber sie wollte sich nicht bewegen, wollte sich nicht umdrehen und zu der kleinen Kapelle blicken oder zurück in den Pub gehen, wo sicherlich alle nur darauf brannten, einen Bericht über die Ereignisse zu bekommen. Sie wollte nicht, denn vor ihren Augen sah sie immer noch den gekrümmten Körper des Toten und konnte das Bild nicht vertreiben. Der Tod hatte die friedliche Kapelle plötzlich gefüllt und jede Wärme aus ihr vertrieben.

In der Grube hatte ein Mann gelegen, die Arme und Beine gestreckt, das Gesicht nach oben gerichtet. Er war nackt. Mags wusste noch, dass sie im ersten Moment den dünnen, langen Körper gesehen und sich gewundert hatte, wie stark der Übergang zwischen den gebräunten Armen und dem weißen Rücken auffiel. Sie hatte gewusst, dass er tot war, noch bevor Sam vorsichtig in die Grube geklettert war, um seine Hand an den Hals des Mannes zu legen. Ein sonnengebräunter Hals unter einem faltigen, alten Gesicht.

Mags holte tief Luft und atmete die kalte Seeluft ein. Das Gesicht, oder vielmehr die Reste davon. Sie wusste, dass sie das Bild des zerstörten Gesichtes nie wieder vergessen würde. Jeder Gedanke daran ließ in ihr eine tiefe Übelkeit aufsteigen.

»Pfefferminz?«

Mags musste unwillkürlich lächeln, als sie die leise Stimme hinter sich hörte und dann ein schlanker Arm eine Tüte mit extrascharfen Pfefferminzbonbons vor ihr Gesicht hielt.

»Hallo, Mags.«

»Hallo, Mary.«

»Ich hatte nicht damit gerechnet, gerade dich hier zu treffen.«

»Ja, ich scheine neuerdings ein Talent zu haben, auf Leichen zu stoßen.«

Mary Shifter setzte sich neben Mags. Die junge Polizistin trug eine schlichte Stoffhose, flache Turnschuhe und eine dunkle Windjacke. Die Haare waren zu einem für sie typischen strengen Knoten aufgesteckt und das offene Gesicht kaum geschminkt.

»Ihr seid schnell gekommen.«

Mary lachte.

»Der Chef ist gefahren, und ich saß daneben und habe einfach gehofft, dass sich kein Schaf oder Tourist gerade jetzt erdreisten würde, unseren Weg zu kreuzen.«

Sie blickte Mags an.

»Ein Mord auf St. Michael's Mount … Der Chef ist nicht begeistert.«

Mags hatte Sergeant Mary Shifter und ihren Chef, Inspector Johnson, vor vier Monaten bei den Ereignissen in Shelter Garden kennengelernt. Johnson war ein wortkarger, unhöflicher und nicht auf irgendwelche Nettigkeiten bedachter Mann. Laut Mary Shifter war er jedoch ebenso ehrlich und zuverlässig, wie er unhöflich war. Mags hatte die Eigenheiten des Inspectors am eigenen Leibe erfahren müssen. Der Mann war eine einzige Provokation und wusste es auch.

Mary Shifter und Mags verstanden sich nach einigen Schwierigkeiten gut miteinander. Mags schloss nicht schnell Freundschaften, und sie glaubte, dass auch Mary nicht der Typ dafür war. Dafür war die junge Polizistin zu sehr mit ihrer Arbeit verbunden. Trotzdem hatten beide Frauen den Kontakt gehalten, und sie freute sich, ein vertrautes Gesicht zu sehen.

»Dein kleiner Wissenschaftler hat mir schon erklärt, warum ihr hier seid.«

»Er ist nicht mein kleiner Wissenschaftler.«

Mary zog nur eine Augenbraue hoch.

»Ach nein? Dann könnte ich ihn also haben?«

Mags merkte, wie sich bei dem Gedanken irgendetwas in ihr sträubte. Sie lehnte sich zurück und blickte aufs Meer.

»Wisst ihr schon, wer der Mann ist?«

»Ah, das ist eine spannende Frage.«

Die junge Polizistin lehnte sich ebenfalls zurück und steckte sich noch eines der scharfen Pfefferminzbonbons in den Mund.

»Nein. Keine Papiere. Keine Meldung über eine vermisste Person, die auf seine Beschreibung passt.«

Die beiden Frauen schauten über das Wasser.

»Der Mann ist nicht einfach in die Grube gefallen, oder?«

Mags merkte, wie Mary sie mit der für sie typischen hochgezogenen Augenbraue anblickte.

»Er lag auf dem Rücken. Du hast sein Gesicht gesehen.«

Mags rutschte unbehaglich auf der Mauer ein Stück weiter nach vorn.

»Er könnte gefallen sein und sich dann noch einmal gedreht haben?«

»In der Grube gab es nichts, was eine so heftige Verletzung erklären würde. Das war kein Stein, der den Kopf des Opfers …«

Mags unterbrach die Polizistin.

»Ja, ich habe es ja gesehen. Ich dachte nur, vielleicht …«

Sie unterbrach sich. Sie hatte gar nichts gedacht, sondern wollte nur die Vorstellung loswerden, dass jemand das Gesicht des Toten so zugerichtet hatte. Ein Mensch hatte das getan.

Mary griff nach Mags' Hand.

»Wie lange sitzt du schon hier? Du bist ganz durchgefroren. Lass uns zum Pub gehen.«

Mags schüttelte den Kopf.

»Ich will keine neugierigen Fragen beantworten.«

Sie blickte zur Seite und sah, wie Mary wieder die Augenbrauen hochzog.

Mags seufzte.

»Du hast auch Fragen, oder? Genau deswegen bist du da.«

Mary lachte.

»Das ist mein Job. Aber warum fängst du nicht einfach damit an, warum du und Sam überhaupt in der Kapelle wart.«

Mags lehnte sich zurück und erzählte ihr alles.

»Ich habe die Plane angehoben, es sollte eher ein Witz sein, verstehst du, da wir vorher über Hobbyarchäologen gesprochen hatten, die hinter jedem Felsbrocken irgendein Artefakt aus der Artussage vermuten, und dann habe ich ihn gesehen.«

Sie brach ab, und Mary reichte ihr noch ein Pfefferminz.

»Danke, das reicht erst mal. Du musst jetzt nicht weitererzählen. Ihr habt nichts in der Grube verändert, oder?«

Mags schüttelte den Kopf.

»Sam ist vorsichtig hinabgestiegen, allerdings an der entgegengesetzten Seite, und hat am Hals nach dem Puls getastet. Aber es war eigentlich klar, dass der Mann nicht mehr …«

Sie selbst hatte, während Sam in der Grube war, verzweifelt versucht, jeden Blick auf das zerstörte Gesicht des Mannes zu vermeiden.

»Wir sind dann raus, und Sam hat mit seinem Handy die Polizei gerufen. Wir haben gewartet. Irgendwann hielt ich es nicht mehr aus und bin hierhergekommen.«

»Du sitzt seit zwei Stunden hier?«

Mags zuckte mit den Schultern.

»Und der Junge, der aus der Kapelle rausgerannt kam, kennst du ihn?«

Mary schüttelte den Kopf.

»Sam rief ihn bei seinem Namen, aber er war wohl schon zu weit weg. Es war Timothy, der Student von Sam. Hat er … Ist er …?«

Mary verneinte.

»Der Junge sagt, auch er hätte die Leiche gesehen und

wäre panisch zur Burg gerannt, um seinen Vater zu informieren. Der Anruf von Sir Rupert ging eine Stunde nach Sams Anruf bei der Zentrale ein.«

Mags horchte auf.

»Eine Stunde danach?«

Mary blickte sie ernst an.

»Beschreibe mir bitte noch einmal genau, wie der Junge aus der Kapelle gerannt kam.«

Mags schloss die Augen.

»Wir standen auf dem Hügel, Sam erzählte eine Geschichte über das Altarbild der Kapelle. Wir wollten gerade hinuntergehen, als die Tür aufging. Der Junge kam herausgerannt, blickte sich nicht um. Sam rief nach ihm, aber er hörte ihn nicht und rannte weiter, den kleinen Weg zur Burg hinauf.«

Mary seufzte.

»Ich hatte gehofft, du könntest etwas genauer werden. Was hatte der Junge an?«

Mags versuchte, sich zu erinnern.

»Eine blaue Hose, glaube ich, und einen helleren Pullover. Ich weiß es nicht genau.«

»Hat er etwas getragen?«

Mary stellte die Frage fast widerwillig, und Mags versuchte erneut, sich das Bild vor Augen zu rufen.

Die Kapelle, die offene Tür, der rennende Junge, Sams Ausruf, aber dann waren da nur noch Sams rudernde Arme.

»Sam ist den Hügel runtergerutscht. Ich habe nicht mehr auf den Jungen geachtet. Ich weiß es wirklich nicht.«

Mary schaute sie konzentriert an.

»Warum ist das so wichtig?«

Die Polizistin zog wieder nur eine Augenbraue hoch, und Mags wurde rot.

»Ich kann dir nicht weiterhelfen. Es tut mir leid.«

»Nein, es ist schon in Ordnung. Besser so, als wenn du dir plötzlich etwas einbildest und uns damit in eine falsche Richtung lenkst.«

Mags musste wieder an die Ereignisse in *Shelter Gardens* denken. Damals hatte Mary ihr sehr eindringlich erklärt, wie einfach es war, Zeugen zu beeinflussen und dafür zu sorgen, dass sie sich an etwas erinnerten, was es so gar nicht gegeben hatte.

Die junge Polizistin hatte am Anfang ihrer Laufbahn eine solche Zeugenbeeinflussung erlebt. Sie hatte nicht darüber geschwiegen und fast ihren Job verloren. Doch Inspector Johnson hatte sie in sein Team geholt, bevor sie an irgendeinem Schreibtisch versauert wäre.

Mags blickte Mary an.

»Du wirst mir sicherlich auch nicht erzählen, nach was ihr sucht, oder?«

»Richtig.«

»Wenn der Mann nicht nackt über die Insel spaziert ist, muss seine Kleidung ja irgendwo sein.«

Mary nickte.

»Und habt ihr schon herausgefunden, womit er so …«, Mags schluckte erneut, »… so geschlagen wurde?«

»Nein. Haben wir nicht.«

Die Polizistin schaute zur Kapelle.

»Johnson ist gerade bei Sir Rupert. Der will ihn nicht mit seinem Sohn sprechen lassen. Johnson und Rupert haben sich von der ersten Sekunde an angegiftet. Beste Freunde werden die sicherlich nicht. Johnson hat es nicht so mit Adeligen und ererbten Privilegien. Ich dachte mir, ich suche lieber dich, bevor ich da zwischen die Fronten gerate.«

»Werdet ihr den Jungen verhaften?«

Mary schaute sie mit großen Augen an.

»Bisher ist wohl das Einzige, was er laut seinem Vater getan hat, einen Toten in der Kapelle zu finden, den Kopf zu verlieren, zur Burg zu laufen und dann, nach einer gewissen Zeit, seinen Vater darüber zu informieren.«

Mags schwieg. Eine Stunde war eine lange Zeit.

Mary stand auf und lächelte auf sie herab.

»Geh zum Pub oder irgendwohin, wo es warm ist. Wenn du in fünfzehn Minuten noch hier sitzt, petze ich es deinem Freund.«

Mags stöhnte.

»Sam ist nicht mein Freund.«

Aber Mary war schon mit einem Lächeln um die Ecke verschwunden.

12

Mags hatte sich durch den Kücheneingang in den Pub geschlichen und war die Treppe zu ihrem Zimmer hinaufgehastet. Der Schankraum selbst war voller Stimmen gewesen – unter keinen Umständen wollte sie dort hinein. Im Zimmer stellte sie sich wie nur wenige Stunden zuvor an das Fenster und blickte auf die Insel. So friedlich wie am Morgen war es nun nicht mehr. Es herrschte Flut, und an der Kaimauer lagen viele Schiffe, darunter auch das der Küstenwache. Polizisten in Uniform standen auf dem Platz vor dem Pub in der Sonne, einige von ihnen hatten Hunde dabei. Sicherlich würden sie die Insel absuchen, und Mags fragte sich, worauf sie noch warteten. Dann sah sie Menschen zwischen den Bäumen den Weg zu den Gärten und zur Kapelle herabkommen, zwei von ihnen trugen eine Trage. Der Tote. Es war nicht richtig, dass er keinen Namen hatte. Mags wusste nicht genau, warum sie das so störte.

Die Touristen blieben stehen, traten zur Seite, einige zückten ihre Handys. Es würde nicht lange dauern, bis die ersten Reporter und Schaulustigen auftauchen würden. Mags zwang sich, weiter hinzusehen, als der schwarze Plastiksack auf der Trage über den kleinen Platz zur Kaimauer getragen wurde. Noch nicht einmal ein Sarg, sondern ein Plastiksack. Und keinen Namen. Würde die Polizei herausfinden, wer der Mann war?

Sein Gesicht war kaum zu erkennen gewesen. Mags merkte, wie der Gedanke daran sie immer noch schwanken ließ. Aber dafür gab es doch sicherlich Experten. Und irgendjemand musste ihn doch vermissen, er musste ja von irgendwo hergekommen sein, vielleicht hatte er eine Frau und Kinder? Was hatte er auf der Insel getan? Und warum hatte verdammt noch mal gerade sie die Leiche finden müssen?

Mags trat vom Fenster zurück und stand hilflos im Zimmer. Und nun? Sollte sie abreisen? Sehnsüchtig dachte sie an die friedliche Stimmung im Garten von Miss Clara. Es war ein Ort, der alles Böse abzuwehren schien. Ein Klopfen an der Tür unterbrach ihre Gedanken.

»Ja, bitte?«

Die Tür ging auf, und Mags sah Elsa, die mit einem besorgten Blick und einem Tablett in der Hand in das Zimmer trat.

»Wie geht es Ihnen? Ich dachte mir, Sie mögen vielleicht einen Tee?«

Mags merkte, dass sie immer noch vor Kälte zitterte.

»Gerne. Vielen Dank.«

»Sam ist unten und hat mir von Ihrem Fund erzählt. Er macht sich Sorgen.«

Mags zuckte zusammen. Sie hatte Sam einfach stehen lassen und war weggegangen. Und er machte sich sogar Sorgen um sie. Sie hatte bei all dem Trubel ganz vergessen, sich nach seinem Befinden zu erkundigen. Auch für ihn war die Leiche ein fürchterlicher Anblick.

»Ich – oh verdammt. Ich bin es einfach nicht gewohnt, dass sich jemand Sorgen um mich macht.«

Elsa zog nur fragend die Augenbraue hoch und stellte das Tablett auf den kleinen Tisch vor dem Fenster.

»Was haben Sie jetzt vor? Werden Sie abreisen? Ich könnte es verstehen. Ein Mord hier auf der Insel … Ich habe Adam gesagt, er soll Julia nicht aus den Augen lassen. Sie wird mir dafür die Hölle heiß machen, aber solange man noch gar nichts weiß, halte ich es für das Beste.«

Sie trat ans Fenster und blickte hinaus.

»Ich bin damals mit Julia und Adam hierhergekommen, weil ich raus wollte aus London mit seinen vielen Gefahren. Ich wollte, dass Julia frei herumlaufen kann, dass sie nicht jeden Moment ihrer Kindheit unter Beobachtung verbringen muss. Die Insel erschien mir immer sehr sicher. Und als sie dann auch noch in Timothy, der ja nur einige Jahre älter ist, einen Spielkameraden gefunden hat, war alles perfekt. Die beiden sind von morgens bis abends über die Insel gelaufen, haben ihre eigenen Abenteuer erlebt. Sicherlich auch einige, von denen ich besser nie etwas erfahren werde. Meine größte Angst war immer, dass sie ins Watt gehen würden, obwohl es absolut verboten war. Aber Julia hat mir später einmal erzählt, dass sowohl sie als auch Timothy selbst immer ausreichend Angst davor hatten. Irene Jacobs' Geschichten über die Geister der Ertrunkenen, die im Watt auf arglose Menschen warteten, um sie hinab in die Tiefen des Meeres zu ziehen, halfen sicherlich auch. Die Insel war für mich immer der sicherste Ort auf der Welt. Und nun das. Adam hat Angst, er mag keine Polizisten. Julia hat es, glaube ich, noch nicht ganz begriffen und sitzt unten im Pub und hofft, dass sie dort irgendetwas Neues erfährt. Und ich stehe hier und erzähle Ihnen ohne Rücksicht auf das, was Sie erlebt haben, einfach meine Sorgen.«

Mags schüttelte den Kopf und trat zu Elsa. Aus dem Fenster sah sie, wie das Schiff der Küstenwache ablegte. Sie merkte, wie ihr mit dem Abtransport der Leiche das Herz etwas leichter wurde. Sie hatte sich inzwischen doch so auf die Arbeit an der Festschrift und zugegebenermaßen auch auf die Zusammenarbeit mit Sam gefreut. Der Herbst auf der Insel war wunderschön.

»Ich werde bleiben und meinen Beitrag zu der Festschrift leisten. Die Insel kann ja nichts dafür, dass jemand hier etwas so Schreckliches getan hat.«

Sie schaute hinauf zur Burg.

»Und sie wird doch in den letzten Jahrhunderten schon mehr als genug Blut und Tod gesehen haben.«

Sie drehte sich zu Elsa um.

»Ich glaube, wir sollten dem, was passiert ist, nicht so viel Macht über uns und unsere Entscheidungen geben.«

Elsa hatte ihr aufmerksam zugehört und lächelte jetzt.

»Margaret, ich glaube, Sie haben gerade genau das Richtige gesagt. Ich werde jetzt nach unten gehen und herausfinden, ob irgendjemand daran gedacht hat, dass die Polizisten ja vielleicht auch etwas essen wollen.«

Als sie schon an der Tür stand, drehte Elsa sich noch einmal um und zog etwas aus der Tasche ihrer Schürze.

»Das hätte ich fast vergessen. Den hat Lady Joyce heute Morgen für Sie abgegeben.«

Mags sah verwundert auf einen Briefumschlag aus dickem Papier. Elsa lachte.

»Sie müssen es nicht öffnen, ich kann Ihnen auch so sagen, dass es eine Einladung ist. Auf der Burg findet heute Abend ein Dinner statt. Es ist Tradition, zum Ende des Sommers Freunde und Unterstützer der Insel einzuladen. Sam hat auch eine Einladung bekommen.«

Mags schluckte.

»Und das Dinner wird trotz allem heute stattfinden?«

Elsas Lippen verzogen sich zu einem schmalen Lächeln.

»Um Sir Rupert von einem einmal gefassten Plan abzuhalten, müsste schon mehr passieren als ein Mord.«

Dann schüttelte sie den Kopf und seufzte.

»Nein, das war nicht ganz fair von mir. Sir Rupert ist sicherlich ebenso betroffen wie alle anderen. Es wäre aber auch schwer, das Dinner jetzt abzusagen, da viele Gäste vom Festland erwartet werden und schon alles vorbereitet ist. Und Sie haben es doch gerade selbst gesagt: Wir sollten dem Tod nicht die Macht geben, das Leben aufzuhalten, oder?«

Elsa zögerte noch mal kurz und strich Mags dann leicht über den Arm, bevor sie das Zimmer verließ.

13

»Finden Sie es nicht etwas merkwürdig, heute Abend zu feiern? Ich meine, nachdem, was heute Morgen geschehen ist?«

Mags versuchte, mit den langen Schritten Marc Winters' mitzuhalten. Sie war ganz und gar nicht glücklich, Winters im Pub über den Weg gelaufen zu sein, und hatte ihn ignorieren wollen. Doch dann hatte Elsa darauf bestanden, dass Mags nicht alleine zur Burg hinaufging. Sie und Winters hatten gegen die resolute Wirtin keine Chance gehabt und sich in ihr Schicksal ergeben. Mags hatte das deutliche Gefühl, dass auch Winters nicht sonderlich begeistert von der Sache war.

»Das Dinner war schon länger geplant, es werden einige hohe Tiere des National Trust erwartet. Speichellecker, die sich bei Sir Rupert anbiedern wollen. Was so ein alberner Adelstitel ausmacht …«

Mags schnaubte, was Winters aber zum Glück nicht mitbekam, da er einen halben Meter vor ihr ging.

»Und vielleicht ist es wirklich ganz schlau, sich heute Abend zu treffen und geschlossen einen Plan zu entwickeln. Die Presse hat es heute wegen eines Unfalls in St. Ives nicht geschafft, auf die Insel zu kommen, aber morgen werden sie es vielleicht tun. Mord auf St. Michael's Mount wird eine Schlagzeile sein. Vielleicht führt es dazu, dass noch mehr Touristen kommen, die Menschen haben ja eine Liebe für alles Makabre – oder sie machen sich Sorgen und kommen deshalb gerade nicht. Das wäre nicht gut, gar nicht gut. Ich habe hart gearbeitet, um St. Michael's Mount zu dem zu machen, was es gerade ist.«

Mags biss sich auf die Innenseite ihrer Wange. Sie mochte den Mann wirklich nicht.

»Wie kommt es eigentlich, dass Sie hier auf der Insel arbeiten?«

Sie biss sich auf die Zunge und hoffte, dass Winters den erstaunten Ton in ihrer Stimme nicht bemerkt hatte. Aber der Mann neben ihr schien gegen alle Arten von Untertönen immun zu sein.

»Sie wissen, dass Sir Rupert die Insel vor fünfundzwanzig Jahren dem National Trust übergeben hat? Unter der Bedingung, dass seine Familie für die nächsten neunhundertneunundneunzig Jahre ein Wohnrecht hat und er beziehungsweise seine Erben im Auftrag des Trust die Verwaltung der Burg übernehmen?«

Mags nickte. Sam hatte ihr das ausführlich erklärt – und schließlich war das Jubiläum eben jener Übergabe der Insel an den National Trust der Anlass für die Festschrift.

Sie waren inzwischen fast oben an der Burg, deren Mauern heute mit warmen Lichtern beleuchtet wurden. Der Anblick musste vom Festland aus wunderschön sein.

»Sie Rupert ist einer der geschicktesten Menschen, die ich kenne. Vor zweihundert Jahren wäre er sicherlich ein brillanter Feldherr gewesen. Heute setzt er seine Fähigkeiten dazu ein, die Insel und das Erbe seiner

Familie zu erhalten. Und ehrlich gesagt macht er das verdammt gut. Hätte er nicht die Insel dem Trust überschrieben, hätten die laufenden Kosten ihn und seine Familie aufgefressen.«

»Hat Sir Rupert Sie persönlich eingestellt?«

Sie konnte immer noch nicht verstehen, warum jemand gerade Winters auf die Insel gesetzt hatte. Selbst wenn er ihren Gewinn verdoppelt hätte, würde sie nicht mit jemandem zusammenarbeiten wollen, der so viel negative Energie ausstrahlte.

»Nein, und er war und ist auch nicht so begeistert, dass ich diese Stelle besetze. Er würde am liebsten alles in Familienhand halten. Daher macht sein ach so schlauer Sohn gerade ein Praktikum bei mir. Ich soll ihm alles beibringen. Ich wette, Sir Rupert will seinen kleinen Sprössling auf meine Stelle setzen, sobald der mit dem College fertig ist. Aber so einfach wird das nicht. Timothy hat nicht den Biss, den man braucht, um ein erfolgreiches Unternehmen zu führen. Und nichts anderes ist die Insel.«

Winters blieb kurz stehen, damit Mags wieder zu ihm aufschließen konnte. Dann blickte er sie kurz neugierig an.

»Ich habe gehört, er ist heute Morgen Hals über Kopf aus der Kapelle gerannt, weil er den Toten gesehen hat. Memme.«

Bevor Mags etwas entgegnen konnte, hatten sie das geöffnete Eingangstor der Burg erreicht.

»Das Dinner findet im Großen Saal statt, der normalerweise von der Familie gar nicht genutzt wird, da er im öffentlich zugänglichen Bereich der Burg liegt.

Aber heute sind viele Leute mit Geld da, da wird eine Ausnahme gemacht. Lady Joyce hat den Saal sicherlich eingedeckt und geschmückt. Für so etwas hat sie ein Händchen. Kein Wunder, hat sie doch früher als Dekorateurin in einem Kaufhaus in Bristol oder so gearbeitet.«

Mags merkte, dass sie allmählich darüber nachdachte, wie sie den Mann vor sich mit einem gezielten Tritt den steilen Weg hinunterbefördern könnte. Hatte er überhaupt schon etwas gesagt, in dem nicht eine offene oder versteckte Beleidigung enthalten war?

»Bis sie sich Sir Rupert geangelt hat. Na ja, hübsch ist sie ja – und sicherlich hat sie auch noch andere …«

Er brach schnell ab, als er eine groß gewachsene Gestalt aus dem Torbogen treten sah.

»Ah, der Burgherr empfängt sein Fußvolk!«

Als Sir Rupert ihnen entgegenkam, tauschte Winters seine ironische Miene gegen ein glattes Lächeln. Mags seufzte und fragte sich erneut, was zum Teufel sie eigentlich hier verloren hatte.

14

»Und, wie gefällt es Ihnen auf unserer Insel?«

Sir Ruperts Erscheinen in der Eingangstür hatte Winters vor dem Schicksal bewahrt, von Mags in den Graben befördert zu werden. Winters hatte sofort umgeschaltet, ein schmeichelndes Lächeln aufgesetzt und Mags vorgestellt. Danach war er durch eine Seitentür verschwunden, hinter der sie leise Gespräche hörte.

Sir Rupert war kleiner, als Mags angenommen hatte. Irgendwie hatte sie sich einen Burgherrn immer groß und in einem Tweedanzug oder in Jagdkleidung vorgestellt. Ein kindischer Gedanke, denn Sir Rupert trug einen eleganten blauen Anzug. Er hielt seinen Körper sehr aufrecht, doch auch so war er nur wenige Zentimeter größer als Mags. Wäre sie ihm auf der Straße begegnet, hätte sie ihn mit seinen grauen, leicht lockigen Haaren, die streng zurückgekämmt waren, und der randlosen Brille vielleicht für einen Lehrer oder einen Beamten gehalten. Doch seine Stimme und die Art, wie er sich bewegte, passten besser zu Mags' Vorstellung eines Burgherrn. Vor ihr stand ein Mann, der wusste, was er wollte und wie er es bekam, und der selbstsicher durchs Leben ging.

»Die Insel ist ein Traum, und was ich bisher von den Gärten gesehen habe, hat mich tief beeindruckt. Sie müssen sehr stolz auf Ihr Zuhause sein.«

Mags schaute sich neugierig in der Halle um. Natürlich hatte sie schon größere und elegantere Herrenhäuser und Schlösser besichtigt, ihre Arbeit und ihre Leidenschaft für Gärten brachten das mit sich.

Aber diese Halle hatte etwas Besonderes, nicht nur, weil Sir Rupert neben ihr mit den Menschen verwandt war, die sie ernst von den Porträts an der Wand herab anblickten. Vielleicht lag es daran, dass sie sich eher wie in einem prächtigen alten Privathaus als in einem Museum fühlte. Hier hatte bis vor fünfundzwanzig Jahren die Familie gelebt, vielleicht war Sir Rupert selbst ja mit einem Rutschauto durch diese Halle gefahren. Es wirkte eher wie ein Zuhause, und sie hatte ein Museum erwartet.

Neben den Porträts hingen einige alte Waffen, gerahmte Urkunden, eine fein gezeichnete Landkarte und Fotografien, die den Wandel der Insel in den letzten hundertfünfzig Jahren zeigten. Doch am auffälligsten war ein geschnitztes Holzwappen von vielleicht drei mal zwei Metern, bei dessen Größe sich Mags ernsthaft fragte, wie es auf die Burg und an die Wand gekommen war.

Sir Rupert war ihrem Blick gefolgt.

»Sie wissen, dass meine Familie seit Jahrhunderten auf der Insel lebt. Zusammen mit dem Land und dem Titel wurde uns auch das Recht gewährt, dieses Wappen zu tragen.«

Mags trat näher. Das Wappen zeigte die Insel und die Burg, flankiert von zwei Dohlen, deren Schnäbel und Beine blutrot leuchteten. Im Hintergrund waren stilisierte Lilien zu sehen. Unter dem Wappen stand ein Motto.

Sir Rupert stellte sich neben Mags und fuhr mit der Hand über die Buchstaben.

»*Pro Patria. Pro Familia.* Das Motto meiner Familie. Für die Heimat, für die Familie. Eigentlich müsste dort noch *mori* stehen, denn richtig hieße es: Für die Heimat und die Familie sterben. Aber wahrscheinlich reichte der Platz nicht aus. Und vermutlich war es einigen meiner Vorfahren irgendwann einfach zu bedrückend, immer wieder an den Tod erinnert zu werden.«

Mags musste lächeln.

»Das sind Dohlen, oder?«

»Ja, cornische Dohlen. Sie schmücken auch das cornische Wappen. Dort werden sie aber flankiert von einem Fischer und einem Bergmann. Das Meer und der Zinn. Die Dohlen gehören zu St. Michael's Mount, auch wenn sie lange verschwunden waren. Man sagt, dass sie mit ihren roten Schnäbeln und Beinen den gewaltsamen Tod von König Artus symbolisieren. In einigen Versionen der Sage heißt es, dass Artus sich nach seinem Tod in eine Dohle verwandelt hat und dass die Dohlen eines Tages aus Cornwall verschwinden würden. Doch mit ihrer Rückkehr würden sie ein neues Zeitalter einleiten, in dem Cornwall unter der Regentschaft des wieder zum Leben erweckten König Artus es zu neuer Blüte bringen würde.«

Die braunen Augen Sir Ruperts blickten sie mit einem verschmitzten Lächeln an.

»Sollte es so weit sein, wird auch meiner Familie ein Platz an der Tafelrunde sicher sein.«

Sie konnte sich Sir Rupert problemlos in einer Rüstung vorstellen und lächelte.

»Darf ich?«

Sir Rupert nickte, und Mags strich vorsichtig mit den Fingerspitzen über das fast schwarze und glänzend polierte Holz.

»Das ist Mooreiche, oder?«

Sie hatte noch nie so ein großes Stück aus diesem Material gesehen. Mooreiche war in Cornwall durch seine Hochmoore ein bekannter Werkstoff, aber die Funde waren selten, und Mags kannte nur kleine Objekte wie Pfeifen, Tischchen oder Figuren. Das Wappen musste ein Vermögen gekostet haben. Neugierig drehte sie sich zu Sir Rupert um und warf ihm einen fragenden Blick zu.

»Woher kommt es?«

»Meiner Familie gehört, oder besser gesagt gehörte, ein großes Stück Moor. Aber mein Großvater hat nach dem Zweiten Weltkrieg einen Teil zum Torfabbau freigegeben. Die Winter waren hart. Als die Torfabbauer dann auf die Mooreiche stießen, bargen sie das Stück und fertigten als Dank das Wappen an.«

»Es ist wunderschön. Aber wie hat man es hier hoch geschafft? Es muss doch wahnsinnig schwer sein.«

Sir Rupert lachte.

»Sie haben ein Gespür für die praktischen Seiten des Lebens, oder? Das Wappen besteht aus mehreren Teilen, die hier oben erst zusammengeführt wurden. Aber auch die wurden nicht per Hand getragen. Viele wissen es nicht, aber es gibt einen Tunnel mit einer Bahn, die vom Hafen aus durch den Berg hinauf auf die Burg führt. Heutzutage wird der Tunnel nicht mehr genutzt, denn wir können schwere Dinge mit dem kleinen Geländewagen auf die Burg bringen. Aber früher war die Bahn ein Segen, und sämtliche Güter wurden bis 1960 mit ihr nach oben transportiert. Aus Sicherheitsgründen ist die für Touristen gesperrt, und oft vergessen sogar wir, dass es sie gibt. Ich glaube nicht, dass ich sie zu meinen Lebzeiten wieder in Betrieb bringe, wahrscheinlich müsste der gesamte Tunnel gesichert und neu verschalt werden, aber vielleicht wird mein Sohn sich ja der Aufgabe annehmen.«

Mags hatte fasziniert zugehört. Sie mochte Sir Ruperts Stimme, die sanft und zugleich voll war, und die Ruhe und Gelassenheit, mit der er über die Burg sprach. Gerne hätte sie sich vom ihm noch mehr zeigen lassen, aber sie hörte, wie andere Stimmen in die Halle drangen. Sir Rupert nickte ihr entschuldigend zu und wies mit der Hand auf die Tür, durch die auch schon Marc Winters verschwunden war.

»Im Blauen Saal gibt es vor dem Dinner noch etwas zu trinken. Meine Frau ist dort und wird Sie sicherlich auch noch willkommen heißen wollen.«

Damit ließ er sie stehen und wandte sich den neu angekommenen Gästen zu.

15

Mags seufzte. Sie wäre jetzt lieber bei Elsa im Pub. Oder noch besser, in Rosehaven im *Golden Budgie* an der Theke mit einem Pint von Mr Kelvins Bier. Stattdessen stand sie in einer Burg und zupfte nervös an den Ärmeln der Seidenbluse mit einem Muster aus kleinen Schwertlilien, die Elsa ihr geliehen hatte. Mags mochte solche Anlässe nicht, bei denen lauter Leute leise Unterhaltungen über anscheinend sehr wichtige Dinge führten und dabei an ihren Getränken nippten. Sie selbst hatte einen Sherry in die Hand gedrückt bekommen und war an Sir Ruperts Ehefrau übergeben worden, die ebenfalls Sherry trank. Neidisch schielte sie auf die Whiskygläser der männlichen Gäste. Manche Dinge änderten sich also doch nicht so schnell.

»Mein Mann erzählte mir, Sie arbeiten als Gärtnerin in Rosehaven?«

Die Stimme von Lady Joyce holte sie wieder in die Gegenwart zurück.

»Ja, das stimmt. Ich habe eine kleine Firma, den *Evergreen Garden Service.*«

»Oh, das ist aber ein schöner Name! Ich habe immer davon geträumt, einmal meinen eigenen kleinen Laden aufzumachen. Ich wollte dort Möbel und Stoffe verkaufen. Aber dann habe ich meinen Mann kennengelernt.«

Lady Joyce lachte leise auf, als sie Mags' Blick bemerkte.

»Nein, keine Sorge, er hat mich nicht davon abgehalten. Aber als er mich fragte, ob ich mir vorstellen könnte, stattdessen für die öffentlichen Räume der Burg zuständig zu sein und die Führungen zu organisieren, konnte ich nicht nein sagen. Seit über zwanzig Jahren arbeite und lebe ich jetzt hier auf einem der schönsten Stückchen Erde, die es gibt.«

Mags betrachtete ihre Gastgeberin aus der Nähe. Das schmale Gesicht wurde von blonden Haaren eingerahmt, die zu einem sorgfältigen Knoten aufgesteckt waren. Sie hatte blasse, braune Augen und einen vollen Mund. Etwas Unschuldiges umspielte ihre Züge, und Mags war sich sicher, dass das viele Männer sehr anziehend fanden. Die Hände, die ein Glas unruhig hin und her bewegten, waren schmal, die Nägel unlackiert. Ein schlichter goldener Ring mit einem einzelnen Diamanten zierte den Ringfinger. Auch das blaue Kleid war schlicht und unauffällig, saß aber wie angegossen. Sie passte auf die Burg und zu ihrem Mann, dachte Mags und entspannte sich ein wenig.

»Ja, als ich die Gärten heute Morgen sah, war ich auch wieder völlig verzaubert. Es scheint wie ein Wunder, dass auf einem Stücken Fels so etwas entstehen kann!«

Lady Joyce' Augen leuchteten.

»Nicht wahr? Nicht, dass ich irgendeine Ahnung vom Gärtnern habe. Ich habe immer in der Stadt gelebt, und als ich hierhergezogen bin, war ich sehr froh, als mir Irene Jacobs sehr deutlich machte, dass dieser Bereich der Insel in ihrer Zuständigkeit liege.«

Sie senkte verschwörerisch ihre Stimme.

»Verraten Sie ihr das aber nicht, ich lasse sie in dem Glauben, dass ich mich sofort einmischen würde, wenn sie den Garten verlassen sollte. Dabei würde mir das nie einfallen, und auch Timothy, mein Sohn, hat anscheinend mein fehlendes Talent zum Gärtnern geerbt. Aber auch aus Inneneinrichtung macht er sich nichts. Er sitzt lieber vor dem Computer oder steckt seine Nase in ein Buch. Wenn Sie wüssten, wie oft mein Mann …«

Mags merkte, wie Lady Joyce innehielt und einen Schluck aus ihrem Glas nahm.

»Aber jetzt plaudere ich hier, dabei sollte ich doch zuerst fragen, wie es Ihnen geht und ob ich noch etwas für Sie tun kann. Das muss heute Morgen ja ein fürchterlicher Schock gewesen sein!«

Mags verzog kurz das Gesicht. Sie hatte gehofft, dass sie nicht über den Fund der Leiche würde sprechen müssen.

»Ja, ein Schock.«

»Mein Sohn ist auch noch völlig aufgewühlt.«

Mags folgte dem Blick ihrer Gastgeberin durch den Raum, wo Timothy neben Sam vor einem der großen Fenster stand. Die beiden schienen ernsthaft über etwas zu diskutieren. Sams Gesicht war angespannt, und der junge Mann untermalte jedes seiner Wörter mit einer hektischen Handbewegung.

»Ich bin so froh, dass Timothy mit Dr. Hawthorn einen Lehrer gefunden hat, der ihn versteht und fördert.«

Dr. Hawthorn. Mags lächelte. Es war für sie immer noch komisch, wenn jemand ihn so nannte. Sie konnte sich vorstellen, wie er in Oxford vor seinen Studenten stand und über Geschichte sprach – aber irgendwie war ihr der Sam, der in seiner unvermeidlichen Cordhose neben ihr durch einen Garten ging, viel näher.

»Ja, er ist sicherlich ein toller Lehrer.«

»Oh, das ist er. Wissen Sie, Timothy hat sich in Oxford am Anfang so gar nicht wohl gefühlt. Ich selbst war ja nie auf einer Universität, aber mein Mann erzählt ab und zu von seiner Zeit dort. Die jungen Leute scheinen doch etwas ruppig miteinander umzugehen. Und Timothy ist sehr sensibel, war er schon immer. Er nimmt sich immer alles so zu Herzen und will niemandem weh tun.«

Mags war sich nicht sicher, wie sie es gefunden hätte, wenn ihr Vater so über sie gesprochen hätte. Immerhin war Timothy fast erwachsen – und Mags eine Fremde.

»Auf jeden Fall hatte ich schon große Sorgen, dass er dort sehr unglücklich ist, aber dann lernte er Dr. Hawthorn kennen und … Oh, da kommen die beiden.«

»Mags, darf ich dir Timothy vorstellen? Das ist Margaret Blake, eine gute Freundin und ausgezeichnete Gärtnerin.«

Timothy reichte ihr eine schmale Hand, die zu einem schlanken Körper gehörte. Der Erbe von St. Michael's Mount überragte sie um mehr als einen Kopf. Mags sah in ein blasses Gesicht mit hellen blaugrauen Augen, die sich unruhig bewegten. Er musste neben der braun gebrannten und kraftvollen Erscheinung seines Vaters wie ein Geist wirken. Auch seine Stimme, leise und sanft, war sicherlich nicht dazu gemacht, Befehle zu erteilen.

»Schön, Sie kennenzulernen, Miss Blake. Dr. Hawthorn hat mir schon erzählt, dass wir mit Ihnen eine Expertin für die Gartengeschichte Cornwalls auf der Insel haben.«

Er wirkte nervös, und Mags entging nicht, wie Lady Joyce eine Hand wie zur Beruhigung auf den Arm ihres Sohnes legte.

»Ich möchte mich für mein Verhalten heute Morgen entschuldigen. Ich hätte die Nerven bewahren und Hilfe rufen müssen. Aber ich war so erschrocken – und bin einfach Hals über Kopf losgerannt. Es tut mir leid, dass Sie dann auch …«

Er suchte sichtlich nach Worten, und Mags erlöste ihn.

»Das ist doch nur verständlich. Machen Sie sich keine Sorgen.«

Sie wünschte sich sehr, dass das Thema gewechselt wurde.

»Aber …«

Der Ton einer Glocke ließ ihn innehalten. Lady Joyce schaute sich suchend nach ihrem Mann um und wandte sich dann an Timothy.

»Timothy, könntest du?«

Sie sah ihrem Sohn nach, der die Bibliothek in Richtung Eingangshalle verließ, und wandte sich mit verschwörerischem Tonfall an Mags und Sam.

»Verraten Sie es nicht weiter, aber ich kann mir überhaupt keine Namen und Gesichter merken. Daher lasse ich immer meinen Mann oder meinen Sohn die Gäste begrüßen.«

Doch statt fröhlicher Stimmen neu angekommener

Gäste hörte Mags nur die klare und schneidende Stimme von Inspector Johnson, der in einem sehr förmlichen Ton zu Timothy sprach.

»Was ist denn los?«

Lady Joyce eilte zur Tür, und nach einem kurzen Blickwechsel mit Sam schlossen Mags und er sich der Burgherrin an.

»Deshalb werden Sie als dringend tatverdächtig eingestuft. Sie müssen uns begleiten.«

Mags sah, wie einer der uniformierten Beamten seine Hand auf Timothys Schulter legte.

»Können Sie mir bitte erklären, was das hier soll?«

Sir Ruperts Stimme donnerte durch die Halle.

»Es tut mir leid. Wir müssen Ihren Sohn mitnehmen.«

»Ich verbitte mir das!«

Mags sah, wie Johnson, der schon halb zur Tür war, sich noch einmal umdrehte und Sir Rupert mit einem durchdringenden Blick ansah. Dann ging er mit festem Schritt hinter den uniformierten Beamten, die Timothy in ihre Mitte genommen hatten, hinaus.

Mags spürte, wie sich Lady Joyce' Fingernägel in ihren Arm krallten.

»Aber was hat das zu bedeuten?«

16

Die Sonne war über dem Festland aufgegangen und hatte die Insel in ein sanftes rötliches Licht getaucht. Möwen flogen über den Hafen, und Mags konnte am Horizont die Silhouetten einiger Fischerboote sehen.

Sie war mit der Morgendämmerung wach geworden und hatte es nach wenigen Versuchen aufgegeben, wieder einzuschlafen. Stattdessen hatte sie sich einen dicken Pullover von der Garderobe neben der Küche des Pubs geliehen und war losgegangen. Während sie wie automatisch den westlichen Weg zu den Gärten einschlug, ließ sie sich den gestrigen Abend noch einmal durch den Kopf gehen.

Sir Rupert hatte sich nach außen hin gefasst, aber mit einer deutlich zu spürenden Wut bei seinen Gästen entschuldigt und war dem Inspector gefolgt. Lady Joyce, leichenblass, hatte in der Halle gestanden und hilflos auf die aufgeregt miteinander flüsternden Gäste geblickt. Es war Marc Winters gewesen, der zu Mags' Erstaunen mit großer Souveränität das Ruder in die Hand genommen hatte. Mit wenigen Worten hatte er aus der Verhaftung die Aktion eines übereifrigen Ermittlers gemacht, darauf hingewiesen, dass Sir Rupert schon dafür sorgen würde, dass sein Sohn spätestens bis zum Dessert wieder da wäre, und die Gäste aufgefordert, trotz der Ereignisse doch zum Essen in den Großen Saal zu kommen.

Er hatte Lady Joyce seinen Arm gereicht und ihr etwas ins Ohr geflüstert, was sie dazu brachte, die Schultern zu straffen und neben ihm zur Tafel zu gehen. Sam hatte Mags die Hand auf den Rücken gelegt und sich angeschlossen, die übrigen Gäste waren zögernd gefolgt. Mags musste lächeln, als sie daran dachte, wie Winters dann Sam den Ball zugespielt hatte, der das gedrückte Schweigen am Tisch mit einem Vortrag über die Rolle der Insel im Mittelalter vertrieb. Aber nur, weil Winters anscheinend doch nicht ohne Grund der Tourismusmanager der Insel war und wusste, wie man schwierige Situationen meisterte, musste sie ihn nicht mögen.

Bei den Gärten angekommen, führte ihr Weg sie diesmal nicht in den terrassenförmig angelegten Hauptgarten, sondern nach rechts in die flacheren Ausläufer, die zwischen Burg und Kapelle lagen. Viele der Blumen hatten ihre Blüten noch geschlossen. Die Nacht hatte alles mit einer feinen Schicht Tau bedeckt. Spinnweben spannten sich zwischen Stauden und Bäumen. Mags liebte diese wenigen Tage, in denen der Sommer eigentlich schon vorbei war, der Herbst aber noch auf der Schwelle stand.

Neben einigen mit Kräutern bepflanzten Beeten entdeckte sie ein schmales Gewächshaus und trat neugierig näher. Die Tür stand zur Belüftung einen Spaltbreit offen, und Mags schob sich ohne zu zögern hinein. Ihre anfängliche Neugierde verwandelte sich in pure Begeisterung, als sie die hohen Tische mit den kleinen Pflanztöpfen sah. Daneben lag Werkzeug: Draht, Wachs, feine scharfe Skalpelle, Pinsel, kleine durchsichtige Tüten, ein Vergrößerungsglas in einem eigenartigen Gestell und unzählige dünne Plastikbänder, wie sie Gärtner zum Beschriften von Pflanzen nutzten. Unter den Tischen befanden sich Eimer mit unterschiedlichsten Erden und Sand. Ein altes Radio stand in der einen Ecke und ein abgenutzter hoher Stuhl mit einer Rückenlehne in der anderen. Durch eine weitere halb geöffnete Tür am Kopfende des Gewächshauses konnte Mags lange Reihen von Tischen sehen, die mit Pflanzen bestückt waren. Von den kleinsten, soeben eingepflanzten Setzlingen bis hin zu einigen großen Bäumen, die schon fast das Glasdach berührten.

Mags lachte leise auf und bemühte sich, keine der Pflanzen zu berühren. Sie hatte nicht damit gerechnet, auf der Insel auf so etwas zu stoßen. Jemand musste viel Zeit und Geduld aufgebracht haben, um mit den unterschiedlichsten Verfahren diese Pflanzen zu züchten. Ihre Vermieterin Miss Clara, eine leidenschaftliche Rosengärtnerin, hatte ein ähnliches Haus, nur dass sich ihre Arbeit auf das Veredeln der Rosen beschränkte. Derjenige, der hier arbeitete, nutzte sämtliche Methoden der Pflanzenveredlung und -zucht.

Sie war begeistert. Eine ganze Ecke war den Sukkulenten vorbehalten, einzelne Blätter lagen auf Nährerde, um sie zum Wurzeln anzuregen. Aber auch einige blühende Pflanzen standen nebeneinander, die Blütenstände sorgfältig von den Blütenblättern befreit und von einer Plastiktüte geschützt. Der oder die Züchterin hatte mit einem feinen Pinsel Blütenstaub der einen Pflanze auf die andere übertragen und würde nun geduldig abwarten, ob diese Arbeit Samen hervorbrächte, die die Eigenschaften beider Pflanzen verband.

Das war ein Bereich der Gartenarbeit, mit dem sie sich nie auseinandergesetzt hatte. Natürlich konnte sie aus Ablegern, Setzlingen oder Samen ihre eigenen Pflanzen ziehen. Das war das Einmaleins, und hätte sie mehr Helfer, mehr Zeit und den Platz und die finanziellen Mittel für ein vernünftiges Gewächshaus und Anzuchtbeete, könnte sie eine Menge Geld sparen und ihren Gewinn vergrößern. So musste sie alle Pflanzen für die Gärten ihrer Kunden in der großen Gärtnerei ihrer Freundin Cynthia kaufen.

Aber was sie hier gefunden hatte, ging viel weiter. Das war Frankensteins Labor, nur ohne den ganzen unheimlichen Kram. Mags musste über den Vergleich schmunzeln. Wie lange hatten zum Beispiel Rosenzüchter versucht, eine blaue Rose zu erschaffen, und waren immer wieder gescheitert? Heute wusste man, dass Rosen das genetische Merkmal für eine blaue Blütenfarbe einfach nicht trugen. Bei Zierpflanzen ging es bei der Zucht um Blütenfarbe, Duft und Größe. Aber auch Schädlings- und Wetterbeständigkeit waren Ziele. Ohne die Zuchtprogramme von Nutzpflanzen wäre eine moderne Landwirtschaft kaum denkbar. Mags fröstelte es ein wenig, als sie an die neuen Möglichkeiten und vielleicht auch Gefahren dachte, die genetisch veränderte Pflanzen mit sich bringen mochten. Aber ein Blick auf einige in hellem Orange blühende Fuchsien brachten ihr Lächeln zurück. Hier ging es jemandem einfach nur um Schönheit und Vielfalt. Leise schob sie die Tür wieder zu und machte sich in der Hoffnung auf einen Tee und ein Frühstück auf den Weg zurück in den Pub.

17

Als Mags den Pub betrat, sah sie als Erstes Sam, der neben Elsa und Julia an einem der Tische saß und in seine Kaffeetasse starrte. Elsa stand auf und bedeutete Mags, sich zu setzen.

»Tee?«

»Ja, gern.«

Sie blickte zu Sam und Julia, die beide finstere Mienen machten.

»Was ist los? Gibt es Neuigkeiten?«

Sam nickte und strich sich über sein Kinn. Er war nicht rasiert und hatte dunkle Augenringe.

»Ich habe Lady Joyce heute Morgen getroffen. Sie und ihr Mann waren die ganze Nacht auf dem Polizeirevier in Truro, um Timothy beizustehen. So wie es aussieht, hat die Polizei bei der Suche nach der Tatwaffe unter einigen Steinen neben der Kapelle einen Beutel mit Drogen gefunden.«

Mags hob sie Augenbrauen.

»Und?«

»Auf dem Beutel waren Timothys Fingerabdrücke.«

Julia schüttelte den Kopf.

»Niemals. Timothy hasst Drogen, niemals hätte er …«

Sam legte ihr beruhigend die Hand auf die Schulter.

»Julia, ich weiß. Ich glaube das auch nicht. Aber Fakt

ist, dass dort Drogen gefunden wurden und seine Fingerabdrücke auf dem Beutel waren. Zusammen mit seiner überstürzten Flucht aus der Kapelle ist das für die Polizei ausreichend, um ihn festzuhalten.«

Julia schüttelte Sams Hand ab. Mags konnte sehen, wie das Mädchen vor Wut vibrierte.

»Aber was glauben die denn? Dass er die Drogen von dem Toten gestohlen hat? Dass er ihn wegen der Drogen ermordet hat? Timothy, der mich ruft, wenn er eine Spinne in seinem Zimmer hat?«

Mags lehnte sich zurück und schwieg.

Elsa war mit einer Kanne frischem Tee an den Tisch zurückgekehrt. Auch ihr Gesicht war blass, und mit einem ernsten Ausdruck wandte sie sich ihrer Tochter zu.

»Julia, weißt du irgendetwas von den Drogen? Hast du irgendetwas damit zu tun? Hat Timothy dir Drogen angeboten?«

Julia sprang so entrüstet auf, dass ihr Stuhl umkippte.

»Spinnst du? Was soll das denn plötzlich alles? Für dich ist also Timothy schuld, oder was? Er war das nicht, und woher die Drogen kommen, weiß ich nicht!«

Sie blickte wütend in die Runde. Dann sah sie ihre Mutter direkt an, holte tief Luft und ging einen Schritt auf sie zu.

»Nur weil du in meinem Alter so dumm warst, zu trinken und Drogen zu nehmen, heißt das noch lange nicht, dass ich oder Timothy so etwas tun. Wir sind nicht so dämlich wie du!«

Mags sah, wie Elsas Augen vor Wut ebenso zu funkeln begannen wie die ihrer Tochter.

»Pass auf, was du sagst, junges Fräulein!«

»Ich passe auf gar nichts auf. Du verurteilst Timothy, ohne mit der Wimper zu zucken. Dabei solltest du lieber mal über dich selbst urteilen.«

Elsa stand auf.

»Julia, das geht jetzt wirklich zu weit.«

Doch Mags erkannte, dass Julia sich jetzt nicht mehr beruhigen lassen würde.

»Oder warst du etwa nicht zugedröhnt, als du damals mit meinem Vater ins Bett gesprungen bist? Ich wette, das warst du. Deswegen erzählst du nichts über ihn. Weil du wahrscheinlich nicht mal seinen Namen kanntest! Und dann bist du weggerannt, um dich vor deinem Fehler hier auf der Insel zu verstecken. Um mich hier zu verstecken.«

Mags hielt den Atem an, als sie sah, wie bei diesen Worten alles Blut aus Elsas Wangen wich.

»Wie kannst du es …«

Elsa trat einen Schritt zurück und blickte ihre Tochter mit zusammengekniffenen Augen an.

»Julia, hör mir zu. Ich weiß nicht, was du dir da zusammengereimt hast, aber so war es nicht. Du bist kein Fehler. Du bist ein Geschenk.«

Julia schüttelte den Kopf, als wollte sie die Worte ihrer Mutter abschütteln.

»Gute Geschichte, Mum, aber ich glaube dir nicht. Die Insel wimmelt doch nur so von guten Geschichten. Ich kann es nicht erwarten, endlich hier wegzukommen!«

Und damit rannte sie an Mags und Sam vorbei aus dem Pub.

Elsa schaute entsetzt von Mags zu Sam, stand dann auf und ging mit unsicheren Schritten in Richtung Küche. Als Mags aufstand und ihr folgen wollte, schüttelte sie nur den Kopf.

»Nein, mir geht es gut.«

Die Tür schlug leise hinter ihr zu. Mags und Sam waren allein im Gastraum.

»Du glaubst auch nicht, dass Timothy etwas mit den Drogen zu tun hat?«

Sam schüttelte den Kopf.

»Obwohl seine Fingerabdrücke auf der Tüte waren?«

Er zuckte mit den Schultern, stand dann auf und streckte ihr eine Hand entgegen.

»Lass uns spazieren gehen, ja?«

18

Mags versuchte, nicht drüber nachzudenken, mit welcher Selbstverständlichkeit sie und Sam Hand in Hand den Weg zu den Gärten entlanggingen. Er hatte ihr im Gastraum die Hand gereicht und sie dann einfach nicht mehr losgelassen. Sie wusste nicht, was sie davon halten sollte. Der Streit zwischen Elsa und ihrer Tochter hatte sie mitgenommen. Auch Mags und ihr Vater hatten in den letzten Monaten, die sie zusammen unter einem Dach gelebt hatten, oft erbitterte Wortgefechte geführt. Jemanden zu lieben bedeutet auch, die Macht zu haben, ihn zu verletzten. Mags seufzte. Julia hatte Elsa verletzt. Und Elsa hatte Julia verletzt, indem sie ihre Sorge über ihr Vertrauen in ihre Tochter gestellt hatte. War es so schwer, jemandem zu vertrauen? Fiel es auch ihr selbst so schwer, jemandem zu vertrauen, weil sie von ihrem Ehemann so hintergangen worden war?

Sam beschleunigte seinen Schritt und riss sie aus ihren Gedanken.

»Wohin willst du?«

»Zur Kapelle.«

»Aber die ist doch abgesperrt.«

»Egal. Vielleicht finde ich noch etwas.«

Sam ging weiter und zog sie mit.

»Das ist doch albern, die Polizei hat doch alles abgesucht. Was willst du denn da noch finden?«

Er schien sie nicht zu hören.

»Verdammt, Sam, warte mal! Das bringt doch nichts.«

Wutschnaubend drehte er sich zu ihr um.

»Aber wir müssen doch etwas tun! Willst du hier einfach herumsitzen und hoffen, dass der Inspector Timothys Unschuld beweisen wird? Der ist doch froh, jemanden gefasst zu haben. Warum sollte er weitersuchen?«

Er holte tief Luft.

»Entschuldige. Ich wollte dich nicht anfahren. Aber wir müssen ihm doch irgendwie helfen können. Es ist unsere Schuld, dass er verhaftet wurde, ohne unsere Aussagen …«

Mags hob die Hand und unterbrach ihn aufgebracht.

»Was? Was wäre ohne unsere Aussage gewesen? Wir haben gesehen, wie Timothy aus der Kapelle gerannt kam. Hättest du das verschweigen wollen?«

Er fuhr sich mit der Hand durch die Haare.

»Nein, das nicht. Aber so muss es für den Inspector doch so aussehen, als hätte Timothy …«

Mags blickte Sam wütend an.

»Ja, als hätte Timothy den Mann getötet. Und dann finden sie eine Tüte mit Drogen, die anscheinend eilig versteckt worden ist. Mit Timothys Fingerabdrücken drauf. Wie würde das denn für dich aussehen?«

»Aber er war es nicht.«

Sie holte tief Luft und wusste, ihre nächste Frage würde Sam wahrscheinlich noch mehr aufregen.

»Und wie kannst du dir da so sicher sein?«

Sam schaute sie nur an.

»Weil du ihn kennst? Du hast dich schon mal in jemandem getäuscht.«

Nun blitzten Sams Augen vor Wut, aber er schwieg noch immer. Mags wusste, es war ein Tiefschlag, ihn an die Geschehnisse des letzten Sommers zu erinnern.

»Das ist gemein von dir.«

Er drehte sich um und starrte auf das Meer.

»Mit Timothy ist es etwas anderes.«

»Warum?«

Mags war froh, dass er stehen geblieben war, und hoffte, sie würde ihn irgendwie erreichen können.

»Mein Gott, er ist doch noch ein halbes Kind! Er wäre doch gar nicht in der Lage, jemanden zu erschlagen. Er hatte am Anfang in Oxford wirklich eine schwere Zeit, über die er mir viel erzählt hat. Glaube mir, da ist kein Fünkchen Gewalt in dem Jungen. Und Drogen? Das passt nicht zu ihm. Oxford ist voll von dem Zeug, es wäre ein Leichtes für ihn gewesen, an alles zu kommen, was sein Herz begehrt. Aber ich habe ihn nie so erlebt.«

Er drehte sich wieder zu ihr um, und es gab ihr einen kleinen Stich, die Intensität in seinen Augen zu sehen. Sam vertraute ihr, obwohl dieses Vertrauen schon einmal von jemandem missbraucht worden war. Sie wünschte sich einen Moment lang, es ebenso zu können.

»Ich mag mich ja vielleicht in Timothy täuschen, aber hier sind noch so viele Fragen offen, das Ganze ergibt doch keinen Sinn. Warum sollte er den toten Mann ausgezogen haben? Warum ihn zuerst so sorgfältig in der Grube verstecken und dann so überstürzt wegrennen? Hätte er nicht besser die Kapelle abgeschlossen, damit niemand hineinkann? Es ist einfach nicht logisch. Ich muss doch irgendwie Sinn in die Sache bringen, verstehst du?«

Mags nickte.

»Ja, aber dann lass uns doch zusammen daran arbeiten. Und einen Plan machen. Es bringt doch nichts, über die Insel zu stürmen wie ein Verrückter. Das ergibt genauso wenig Sinn.«

Sam lächelte schwach.

»Du meinst, ich soll meinen Kopf benutzen.«

»Das wäre zumindest ein Anfang.«

Sie setzte sich auf eine der Steinmauern und war froh, als Sam es ihr nachtat.

»Julia sagt auch, Timothy habe nichts mit Drogen am Hut gehabt. Sie glaubt, die Polizei hat die Sachen bei ihm deponiert, um ihn verhaften zu können.«

Er schnaubte.

»Aber obwohl ich Inspector Johnson nicht gerade tief in mein Herz geschlossen habe, traue ich ihm das doch nicht zu.«

»Ihr Vertrauen in meinen Chef ehrt mich, Dr. Hawthorn.«

Die Stimme ließ Mags zusammenzucken, und sie sah, wie Sam sich aufrichtete.

19

Sergeant Mary Shifter stand, die Hände leicht in die Hüften gestemmt, hinter ihnen auf dem Weg.

»So früh unterwegs?«

Sams Stimme klang in Mags' Ohren feindselig, und sie hoffte, dass Mary Shifter seine Motive verstehen würde.

»Ja, ich wollte hinunter zu den Klippen. Die Wirtin des Pubs hat mir gestern erzählt, dass sie von dort aus letzte Woche Delphine gesehen hat. Und ich habe noch etwas Zeit, bevor Johnson auf die Insel kommt. Er hat die ganze Nacht in der Zentrale in Truro versucht, etwas über das Opfer herauszufinden und wollte das erste Boot bei Flut nehmen.«

Mags stupste Sam unsanft an, als dieser zu einer Antwort ansetzte. Bevor er erneut unhöflich werden konnte, ergriff sie das Wort.

»Und du bist zu Fuß gekommen?«

Die Polizistin nickte.

»Ja, der Übergang über den Damm heute Morgen war traumhaft. Es waren kaum andere Besucher da, und das Licht! Was für ein herrlicher Ort.«

»Sie sind ja wohl nicht hier, um die Landschaft zu bewundern.« Sam fuhr dazwischen. Mags seufzte. Mary Shifter zog nur eine Augenbraue hoch und schaute sie fragend an.

»Dr. Hawthorn ist sauer, weil Timothy verhaftet wurde. Er ist sein Student, und Dr. Hawthorn ist überzeugt, dass er unschuldig ist.«

Die Polizistin nickte und wandte sich dann Sam zu.

»Und wenn ich Ihnen sage, dass mein Chef selbst ganz und gar nicht glücklich über die Verhaftung ist?«

Sam hob die Augenbrauen, und Mags sah die Neugierde in seinem Blick.

»Und warum ist er nicht glücklich?«

Sie merkte, wie Mary zögerte und dann tief Luft holte.

»Also rein hypothetisch, schließlich würde ich niemals Einzelheiten einer laufenden Ermittlung ausplaudern, könnte es sein, dass mein Chef gerade sehr sauer darüber ist, dass er einen anonymen Hinweis auf die Drogen bekommen hat. Ein Anrufer hat ihn aufgefordert, doch mal neben dem Weg etwas genauer zu suchen.«

Sams Augen blitzten auf.

»Nur mal angenommen, das wäre so gewesen – woher weiß der Anrufer denn, wo die Drogen versteckt waren?«

Mary lachte.

»Sie sind schnell. Genau darüber ist mein Chef nicht glücklich. Ihm drängt sich die Frage auf, ob Timothy ein Bauernopfer sein soll.«

Sie hatten die Klippen erreicht, und Mary trat mit leuchtenden Augen vor.

»Mein Gott, das ist wirklich wunderschön!«

Mags war immer wieder erstaunt, wie schnell die

Frau sich von der harten und unerschütterlichen Polizistin in die private Mary Shifter verwandeln konnte.

Sam allerdings stand die Laune nicht danach, die Landschaft zu bewundern. Er wandte sich wieder Mary zu.

»Was meinen Sie mit Bauernopfer?«

»Timothy beteuert seine Unschuld, an seiner Kleidung haben wir kein Blut gefunden. Der Tote war schon mehr als drei Stunden tot, als der Gerichtsmediziner ihn untersuchte. Doch dann kam der Anruf. Uns blieb keine andere Wahl, als Timothy zu verhaften.«

Sam nickte.

»Und jetzt?«

Mary hatte sich auf einen der größeren Felsblöcke gesetzt und schaute auf das Wasser, ihre Stimme war fest und klar.

»Nehmen wir mal an, Timothy wäre nicht aus der Kapelle gekommen, und Sie hätten sie nicht durch Zufall genau an diesem Morgen betreten. Was wäre passiert?«

Sam nickte.

»Das ist eine gute Frage. Soweit ich weiß, wird die Kapelle nicht regelmäßig besucht. Die Studenten, die das Seitenschiff ausgehoben hatten, waren mit ihrer Arbeit fertig.«

»Wussten das alle auf der Insel?«

Sam dachte kurz nach.

»Ich denke, ja. Sie haben bei Mrs Sand im Pub gewohnt, und es war immer lustig mit ihnen. Ich habe selbst noch zwei Tage mit ihnen auf der Insel verbracht. Sie waren jung, laut und brachten frischen Wind hierher.

Es war kein Geheimnis, dass sie im nächsten Frühjahr wiederkommen wollten, um die Arbeit abzuschließen. Die Kapelle wird ja nicht genutzt, für alle offiziellen Feierlichkeiten gibt es die Kirche oben in der Burg, in der alle vier Wochen ein Gottesdienst gehalten wird, meist mit irgendeinem bekannten Gastredner, und daran nehmen neben den Inselbewohnern vor allem Touristen teil.«

Mags verstand Marys Frage.

»Niemand wäre in die Kapelle gekommen, oder?«

Die junge Polizistin nickte und schaute Sam an.

»Sir Rupert ist mir gegenüber gerade nicht sehr auskunftsfreudig, aber soweit ich das verstanden habe, war die Kapelle immer abgeschlossen. Wer hat die Schlüssel?«

Mags war sich sicher, dass sie die Antworten schon kannte, aber es noch einmal von Sam bestätigt haben wollte.

»Die Insel wird ja auch von Schülergruppen besucht, und anscheinend gab es mehrere Zwischenfälle, so wurden beispielsweise die Wände beschmiert. Seitdem ist die Kapelle abgeschlossen. Ich weiß, dass Sir Rupert einen Schlüssel auf der Burg hat. Ich habe ihn mir vor einigen Tagen geliehen, um in die Kapelle zu kommen.«

Als Mary die Augenbraue hob, schüttelte Sam den Kopf.

»Und wieder zurückgegeben. Sir Rupert nahm ihn an sich, ich weiß aber nicht, wo er ihn aufbewahrt. In seinem Büro vielleicht?«

Mary zuckte nur mit den Achseln.

»Außerdem hat Marc Winters in seinem Büro einen

zweiten Schlüssel, falls eine Besuchergruppe die Kapelle ansehen will. Ich glaube, die Studenten hatten seinen Schlüssel? Oder gibt es noch einen dritten?«

Wieder zuckte Mary nur mit den Schultern. Mags war klar, dass sie sich nicht in die Karten gucken lassen würde.

Sam seufzte.

»Als ich Mags dann gestern die Insel zeigte, hatte ich mir vorher den Schlüssel aus Winters' Büro geholt.«

»Hat er Ihnen den Schlüssel gegeben?«

Sam wurde rot.

»Ähm, nein. Marc war gerade nicht da, aber die Tür stand offen. Und es gibt dieses Schlüsselbrett, das in seinem Büro neben der Tür hängt. Ich nahm den Schlüssel und ging.«

»Woher wussten Sie, dass es der Schlüssel zur Kapelle war?«

Er stutzte und lächelte dann.

»Alles andere waren neuere oder moderne Schlüssel. Der Schlüssel zur Kapelle ist so alt wie das Schloss an der Tür, das wahrscheinlich Mitte des neunzehnten Jahrhunderts eingebaut wurde. Es ist zwanzig Zentimeter groß und aus Eisen. Kein Schlüssel für die Hosentasche.«

»Hatten Sie jemanden darüber informiert, dass Sie Mags die Insel und die Kapelle zeigen wollten?«

Er schüttelte den Kopf.

»Es war ja klar, dass wir uns die Gärten ansehen würden, aber dass ich ihr auch die Kapelle zeigen würde? Ich weiß es nicht.«

Mary wandte sich an Mags.

»Wusstest du, dass Dr. Hawthorn dir die Kapelle zeigen würde?«

Mags schüttelte auch den Kopf.

»Nein. Ich wusste nicht einmal, dass es diese Kapelle gibt. Obwohl ich früher schon mehrmals auf der Insel war. Sie ist mir nie aufgefallen.«

Sie überlegte kurz und schaute die Polizistin dann an.

»Wenn man dem ausgewiesenen Rundweg folgt, wird man nicht an der Kapelle vorbeigeführt. Man muss extra abbiegen. Ich glaube, es gibt nur ein kleines Schild. Und sie wird auch nur in wenigen Reiseführern erwähnt.«

Mary nickte und sah die beiden weiterhin mit ihrer Pokermiene an.

»Der Täter muss also davon ausgegangen sein, dass die Leiche vorerst nicht gefunden wird. Zumal sie ja in der Grube unter der Plane lag.«

Mags sah Sam an, der jetzt mit voller Konzentration auf die Fragen Marys eingestiegen war.

»Der Mörder wollte die Leiche zu einem späteren Zeitpunkt also endgültig verschwinden lassen, oder?«

Mary schwieg immer noch, erwiderte nur seinen Blick.

»Als Mags und ich gestern über die Insel gingen, lief das Wasser gerade wieder auf, das heißt, die Leiche wäre sehr schnell angespült worden, hätte der Mörder sie ins Meer geworfen. Einige Stunden später hätte er die Leiche mit dem ablaufenden Wasser weit ins Meer hinaustreiben lassen können.«

Daran hatte Mags noch nicht gedacht.

»Und falls sie doch irgendwann angespült worden

wäre? Die nackte Leiche eines alten Mannes, nicht zu identifizieren. Es hätte keine Verbindung zur Insel gegeben. Alle Spuren wären vom Salzwasser abgespült und vernichtet worden.«

Mags holte tief Luft.

»Und sein Gesicht? Wurde es deswegen so schlimm zugerichtet?«

Sam hatte sich wieder gesetzt und sah Mary fragend an.

»Jemand wollte eindeutig, dass niemand diesen Mann wiedererkennen kann, oder?«

Die Polizistin zuckte mit den Schultern.

»Vielleicht, aber um so zuzuschlagen, muss der Täter entweder sehr kaltblütig gewesen sein oder …«

Mags erinnerte sich nur ungern an das zerstörte Gesicht.

»… oder sehr wütend, richtig?«

Mary nickte.

»Glaubt ihr, es war jemand von der Insel?«

»Wir ermitteln in alle Richtungen, aber unsere Mittel sind knapp, und wir haben einfach nie genügend Leute.«

Mary brach ab.

Sam grinste.

»Fragen Sie uns etwa gerade, ob wir uns umhören können?«

»Ich würde nie auf die Idee kommen, zwei Zivilisten eine solche Frage zu stellen. Mein Chef würde mir den Hals abreißen, wenn ich so etwas nur in Erwägung zöge.«

Sie stand auf, drehte Mags und Sam den Rücken zu und starrte wieder aufs Meer.

»Leider haben wir zurzeit keinen Zugriff auf die Unterlagen in der Bibliothek. Sir Rupert lässt uns nicht ins Haus, und der Richter stellt uns nur aufgrund der Möglichkeit, dass das Opfer eine Verbindung zur Insel hatte, keinen Durchsuchungsbefehl aus. Er war schon nicht begeistert, als wir den Sohn von Sir Rupert verhaftet haben. Inspector Johnson durfte sich einiges anhören.«

Mags konnte sich das sehr gut vorstellen.

»Wir dürfen also unsere Nase in die Sache stecken?«

Mary lachte.

»Nein, das habe ich nicht gesagt. Ich habe nur zugehört, wie zwei Zeugen überlegt haben, wie sie mehr über den Mord herausfinden könnten. Dass einer der Zeugen dank einer Festschrift einen guten Grund hat, sich in der Bibliothek aufzuhalten, und eine Zeugin sich mit den Anwohnern der Insel unterhalten möchte, ist reiner Zufall.«

Sie drehte sich um, und Mags bemerkte die Augenringe, die sich unter der dünnen Schicht Make-up dunkel abzeichneten. Mary Shifter nahm ihren Beruf ernst, und sie konnte sich denken, dass sie seit dem Mord kaum Schlaf gefunden hatte.

»Das, was ich jetzt sage, muss unter uns bleiben: Weder ich noch der Inspector glauben, dass Timothy den Mann umgebracht hat. Aber die Beweise wiegen schwer. Wir würden uns über Informationen freuen, die uns Anlass geben, in eine andere Richtung zu ermitteln.«

Und damit stand sie auf, steckte sich ein Pfefferminzbonbon in den Mund und ging zurück zum Hafen.

Mags blickte Sam an.

»Wir scheinen einen Auftrag zu haben.«

In seinem Gesicht sah sie zum ersten Mal seit Timothys Verhaftung am Abend zuvor wieder sein typisches Lächeln.

»Na, dann los, Watson!«

Sie schnaufte nur.

»Was bringt dich auf die absurde Idee, dass du die Hauptfigur und ich der Sidekick bin?«

Sie lachte über Sams hochgezogene Augenbrauen und fand es nicht mehr so merkwürdig, als er auf dem Rückweg zur Burg wieder ihre Hand ergriff.

20

Sam war mit seinem Rechner in der Bibliothek verschwunden. Mags war froh, dass er wieder ein Ziel
hatte. Mary hatte ihm gezeigt, wie er helfen konnte.
Es war schließlich sein Job, sich durch alles zu kämpfen, was mit der Geschichte der Burg zu tun hatte. Für
die Festschrift natürlich. Und wenn er bei seinen Recherchen ein Augenmerk auf die letzten vierzig bis fünf-
zig Jahre legte, warum nicht? Sicherlich gab es irgendwo gesammelte Zeitungsartikel. Mags hatte ja selbst
die gerahmten Fotos an der Wand in der Eingangshalle
gesehen. Es musste noch mehr davon geben. Sir Rupert war stolz auf die Insel und hatte sicherlich auch
den kleinsten Schnipsel aufbewahrt. Sam würde alles durchsuchen und vielleicht einen Hinweis auf das
Opfer finden.

Mags war nicht mit zur Burg gekommen. Sie wurde
ganz zappelig bei dem Gedanken, sich bei so herrlichem
Wetter durch Haufen von Papier zu arbeiten oder vor
einem Computer sitzen zu müssen. Sams Augen dagegen hatten bei der Aussicht auf verstaubte Bücher und
Kisten geleuchtet.

»Vielleicht stellt mir Sir Rupert auch noch die privaten Aufzeichnungen der Familie zur Verfügung. Und
vielleicht gibt es ja auf dem Speicher oder sonst wo
noch mehr Unterlagen. Ich werde Lady Joyce fragen,

ob es weitere Räume gibt, in denen Fotos sein könnten. Du willst mir nicht vielleicht zur Hand gehen?«

Mags hatte bedauernd den Kopf geschüttelt und schnell das Weite gesucht. Es juckte sie in den Fingern, noch weiter durch den Garten und über die Insel zu streifen. Sie wollte inzwischen dringend mit der Gärtnerin sprechen, selbst wenn es sicherlich eine eher frostige Unterhaltung werden würde. Mags holte tief Luft und machte sich auf den Weg, doch bevor sie die Gärten erreichte, stolperte sie fast über Sebastian Rathbone. Der Vogelschützer hatte ein Fernglas vor den Augen und schaute damit in Richtung der Burg.

Sie folgte seinem Blick und konnte die Dohlen erkennen, die in waghalsigen Manövern um die Wehranlagen der Burg flogen.

Der schlaksige Mann zuckte zusammen.

Er schien über die Störung nicht sehr erfreut, aber trotzdem blieb sie neben ihm stehen. Wenn sie herausfinden wollte, wer auf der Insel das Opfer gekannt haben könnte, dann würde sie auch gleich bei Rathbone anfangen.

»Beobachten Sie die Dohlen?«

Ihr Gegenüber nickte nur leicht und schien nicht bereit, mehr zu sagen.

»Darf ich mal sehen? Ich weiß kaum etwas über die Tiere.«

Und wie sie richtig vermutet hatte, konnte Rathbone so einer Einladung, über seine Vögel zu sprechen, nicht widerstehen. Er reichte ihr sein Fernglas und legte los.

»Es sind faszinierende Tiere. Das dort sind die normalen Dohlen, wahre Segelflugkünstler. Aber wir haben hier auch ein Brutpaar der cornischen Dohlen. Außerhalb Cornwalls hat sich leider die Bezeichnung Alpenkrähe durchgesetzt, was verwirrend ist, da es auch eine Alpendohle gibt, wobei beide Arten gemeinsame Nachkommen haben können und es in der Systematik daher wenig Sinn macht.«

Mags neigte den Kopf und nickte regelmäßig, was den Mann vor ihr nur noch zu bestätigen schien, da er ohne Pause weiterredete.

»Die Dohle war zwar nicht in Gefahr, auszusterben, denn ihr Verbreitungsgebiet zieht sich von den Küsten über die Alpen bis hin in den Himalaya und China, aber hier gab es sie für eine Weile nicht mehr. Trotzdem wurde die Jagd auf ihre Eier für einige Jahre sehr intensiv.«

Mags glaubte, in Rathbones Gesicht neben der Wut auch so etwas wie Schmerz zu erkennen. Sie würde wetten, dass er zu hohen Blutdruck und mindestens ein Magengeschwür hatte.

»Auch Sir Rupert ist ein sogenannter Jäger. Sie sollten sich mal oben in der Burg seine Trophäen ansehen. Dabei hat er noch nicht mal Land, um das er sich mithilfe der Jagd kümmern müsste, oh nein. Er zieht zum Spaß los und ermordet Tiere. Es ist eine Schande!«

Sie sah, dass der schmale Mann neben ihr vor Wut zitterte. Er holte tief Luft.

»Aber zurück zu den Dohlen. Eine lebt hier auf der Insel, die schon sehr alt sein muss, ich beobachte sie jetzt das zehnte Jahr. Ihre Iris ist fast weiß.«

Mags versuchte, durch das Fernglas hindurch die Augenfarbe der Dohlen zu erkennen, die bewegungslos auf einer der Zinnen der Burgmauer saßen. Sie selbst hatte die Augen ihres Vaters geerbt. Die Augenfarbe ihrer Mutter hatte sie auf den beiden Fotos, die ihr geblieben waren, nicht erkennen können. Sie schüttelte den Kopf und gab das Fernglas zurück.

»Warum sind die cornischen Dohlen zurückgekommen?«

Rathbone zuckte mit den Schultern.

»Das weiß man nicht. Es gab immer noch Brutpaare in Irland, und eines Tages scheint eines der Paare beschlossen zu haben, sich hier niederzulassen. Sie haben gelernt, sich besser anzupassen, sind flexibler darin, wo und wie sie ihre Nester bauen, und haben ihren Speiseplan ausgeweitet. Es ist ein kleines Wunder, dass das Nest hier noch nicht durch irgendwelche Touristen zerstört wurde. Ich verrate niemandem, wo es ist, und die Ornithologische Gesellschaft passt auf, dass Standorte nicht im Netz bekanntgegeben werden.«

»Glauben Sie denn, jemand würde das Nest mutwillig zerstören?«

Rathbone nickte.

»Dreihunderttausend Besucher sollen in Zukunft jährlich auf die Insel kommen. Das ist Marc Winters' und Sir Ruperts erklärtes Ziel. Aber die Touristen sind laut, bringen ihren Müll mit, halten sich nicht an die Regeln, verlassen die Wege …«

Er brach ab und legte sich das Fernglas wieder an die Augen.

»Und jetzt will Winters auch noch ein Feuerwerk veranstalten. Wissen Sie, was für einen Stress ein Feuerwerk für Tiere im Allgemeinen bedeutet? Auch für die Dohlen?«

Sie unterbrach ihn, bevor er sich in eine erneute Tirade steigern konnte.

»Aber ich glaube kaum, dass das Feuerwerk jetzt noch stattfinden wird.«

Rathbone starrte sie verständnislos an.

»Sie meinen wegen des Toten? Ich glaube kaum, dass so etwas Winters von seinen Plänen abhalten würde.«

»Nein, aber gestern ist Timothy verhaftet worden. Er steht unter Mordverdacht. Sir Rupert ist sicherlich nicht in Feierlaune.«

Sie beobachtete Rathbone genau. Der ließ das Fernglas senken und schaute sie mit großen Augen an. Die Information war ihm sichtlich neu. Timothys Verhaftung hatte gestern im Pub schon die Runde gemacht. Ihr Gegenüber schien jedoch nicht an das örtliche Klatschnetzwerk angeschlossen zu sein. Was für Mags nicht verwunderlich war. Für Rathbone waren wohl nur seine Tiere wichtig.

»Timothy? Verhaftet? Der Junge soll jemanden getötet haben? Das ist doch lächerlich. Der Bursche könnte nicht mal einer Fliege etwas zuleide tun.«

Mags war froh, von ihm so einen Einstieg geliefert zu bekommen.

»Ja, das denken wir auch. Daher hoffen wir, dass vielleicht doch noch jemand das Opfer identifizieren kann und etwas Licht in die Sache bringt.«

Rathbone schnaubte.

»Die Polizei hat mir das Bild schon gezeigt. Kein schöner Anblick. Ich kenne ihn nicht, aber viel war da ja auch nicht zu sehen.«

Mags schluckte. Sie hatte das Gesicht des Opfers in

echt gesehen, nicht nur auf einem Foto. Auch sie war sich nicht sicher, ob überhaupt jemand ihn erkennen würde.

»Haben Sie vielleicht eine Idee, warum er auf die Insel gekommen ist? Was er hier wollte?«

»Nein.«

Sie zögerte und war unsicher, ob sie ihm weitere Information geben sollte, entschied sich dann jedoch dafür.

»Die Polizei hat in der Nähe des Tatorts wohl Drogen gefunden.«

Jetzt drehte sich Rathbone ganz zu ihr um und blickte sie kalt an.

»Wenn es um Drogen geht, muss der durchgeknallte Typ mit den Vögeln damit zu tun haben, oder? Ist es das, was Sie denken?«

Er lachte bitter und schüttelte den Kopf.

»Ich weiß nicht, wer der Tote war, und ich verabscheue jede Form von Drogen und will mit der ganzen Sache nichts zu tun haben. Mir tut Timothy leid, die Polizei ist nur ein Haufen feiger Handlager, die einer Politik dienen, die sich nur noch um Geld und Gewinn dreht. Ich kann Ihnen nicht helfen. Guten Tag!«

Damit ließ er Mags mit offenem Mund stehen und ging in Richtung Hafen davon.

21

Der kleine Unterstand war von wildem Wein überwachsen, der sich schon orange und rot gefärbt hatte, und in eine schmale Nische im Fels gebaut. Mags bemerkte, dass er vom Weg aus fast nicht zu sehen war, der Zugang lag versteckt hinter einigen Büschen. Der perfekte Ort, um eine Pause zu machen. Keiner der Touristen würde sich dorthin verirren. Ohne den leichten Duft von Kaffee, der sich über die Pflanzen gelegt hatte, wäre auch Mags vorbeigelaufen.

»Mrs Jacobs?«

Die Gärtnerin saß auf einem der wackeligen Gartenstühle, die sich unter den aus groben Holzlatten zusammengebauten Unterstand drängten. Auf einem kleinen Tisch stand eine Thermoskanne, der Becher in ihrer schmalen Hand dampfte leicht. Sie hatte die Augen geschlossen.

»Mrs Jacobs?«

»Ich habe schon vermutet, dass ich dich heute treffen würde.«

Langsam öffnete die Gärtnerin ihre Augen und sah sie nachdenklich an.

»Setz dich.«

Mags merkte, wie sich bei dem befehlsartigen Ton ihr Widerstand regte.

»Nun setz dich schon! Ich beiße nicht.«

»Sam scheint sich da nicht ganz sicher zu sein.«

»Dein kleiner Wissenschaftler ist ein schlauer Mann.«

»Er ist nicht mein …«

Sie seufzte, ließ ihren Satz unbeendet und setzte sich auf den freien Stuhl. Die Aussicht war phantastisch. Meer, nichts als Meer.

»Du müsstest Hunderte von Meilen zurücklegen, um wieder auf Land zu stoßen.«

Die Gärtnerin schien ihre Gedanken gelesen zu haben.

»Es ist atemberaubend – und beängstigend zugleich.«

»Und trotzdem sind immer wieder Schiffe aufgebrochen, um von hier in das Unbekannte zu segeln.«

Mags nickte. Die Gärten der Insel legten Zeugnis von diesem Wagemut ab. Pflanzen aus der ganzen Welt, versammelt auf diesem kleinen Stück Fels und Erde.

»Du bist aber nicht gekommen, um mit mir über die Aussicht zu sprechen.«

Mags drehte sich langsam wieder um.

»Sie haben gestern Timothy verhaftet.«

Irene Jacobs reagierte nicht.

»Die Polizei glaubt, er habe etwas mit dem Mord an dem Mann in der Kapelle zu tun.«

Immer noch keine Reaktion. Sie rutschte unbehaglich auf ihrem Stuhl hin und her. Anscheinend hatte die Frau neben ihr nicht vor, über die Geschehnisse zu sprechen.

»Du warst heute Morgen im Gewächshaus, oder?«

Mags nickte erstaunt.

»Haben Sie mich gesehen? Ich dachte, ich wäre alleine im Garten gewesen.«

Sie überlegte, ob es ihr peinlich sein sollte, in das Gewächshaus gegangen zu sein. Aber die Tür war offen gewesen, kein Schild hatte den Eintritt verboten. Sie straffte die Schultern.

»Ich selbst habe keinen Platz und auch keine Zeit, mich mit der Anzucht zu beschäftigen. Ich kaufe meine Pflanzen in Cynthia Collins Gärtnerei. Aber meine Vermieterin, Miss Clara, hat magische Hände, wenn es um das Veredeln von Rosen geht.«

Sie merkte, dass sie plapperte, aber der ruhige Blick der Gärtnerin machte sie nervös.

»Ja, Clara hat eine ruhige Hand und ausreichend Geduld, um wirklich gute Arbeit zu leisten.«

Mags sah sie erstaunt an.

»Sie kennen sie?«

Auf Irene Jacobs' Gesicht erschien ein kleines Lächeln.

»Ja, natürlich. Sogar als sie noch in der Post arbeitete, hatte Clara einen wunderbaren Garten. In den ersten Jahren ihrer Pensionierung ist er förmlich explodiert. Ich war vor fünf Jahren das letzte Mal dort. Die Rosenstöcke, die an der Südseite der Burg wuchsen, wurden zu alt. Ich habe Miss Clara einige Stecklinge gebracht, und sie hat sie auf eine junge amerikanische Rose gepfropft. Ich war skeptisch, aber das Ergebnis kann sich sehen lassen.«

Die Gärtnerin warf ihr einen ernsten Blick zu.

»Manchmal muss man neues Blut in eine alte Sache bringen, damit sie überlebt.«

Sie hatte das Gefühl, von den hellen Augen durchbohrt zu werden, doch dann lehnte die Frau sich wieder zurück und schaute auf das Meer.

»Wärst du etwas früher gekommen, hättest du die neuen Rosen in voller Pracht blühen sehen können.«

Mags lächelte.

»Das kann ich mir vorstellen. Da ich sozusagen in Miss Claras Garten, besser gesagt in ihrem umgebauten Gartenschuppen lebe, bin ich täglich von ihren Rosen umgeben.«

Sie hoffte, dass ihre Verbindung zu Miss Clara vielleicht das Eis brechen würde, und lehnte sich vor.

»Wie lange sind Sie schon auf der Insel?«

Irene Jacobs gluckste.

»Lange. So lange, dass es damals noch zu einem kleinen Aufstand gekommen war, als eine Frau den Posten der Hauptgärtnerin bekam.«

Mags schüttelte den Kopf.

»Ich glaube, dass sogar heute noch in vielen Gärten eine Frau als Chefin für Unmut sorgen würde. Marc Winters hat mich als Hobbygärtnerin bezeichnet.«

Irene Jacobs schnaubte. Mags wusste nicht, ob vor Erheiterung oder Empörung.

»Der Knabe ist eine Zumutung.«

Mags lachte auf und ergriff die Gelegenheit, das Gespräch erneut auf Timothy zu lenken.

»Ich habe gehört, dass Sir Rupert plant, Timothy auf Winters' Position zu setzen.«

»Ach ja?«

Die Gärtnerin schaute weiter starr aufs Meer.

Mags seufzte. So kam sie nicht weiter.

Doch bevor sie weiter nachfragen konnte, hörte sie Schritte auf dem Kiesweg, und wenige Augenblicke später wurde der schmale Vorhang aus Wein zur Seite geschoben, und Elsa Sands trat zu ihnen, mit einem fröhlichen Lächeln auf den Lippen und einem Topf in den Händen, aus dem es phantastisch duftete.

»Ich hoffe, ich störe nicht?«

Ohne eine Antwort abzuwarten und als hätte sie es schon viele Male zuvor getan, stellte sie den Topf mit einem Untersetzer, den sie aus der Schürzentasche zog, auf den Tisch und ließ sich auf den letzten freien Drahtstuhl fallen.

»Im Pub ist die Hölle los, und ich habe Julia und Adam versprochen, in wenigen Minuten wieder da zu sein.«

Sie lächelte Irene an.

»Aber vielleicht bin ich ja bedauerlicherweise aufgehalten worden. Nur fünf Minuten.«

Sie streckte die Beine aus und schloss die Augen.

»Im Topf ist Bohneneintopf. Wie gewünscht.«

Anscheinend schien sie keine Antwort der Gärtnerin zu erwarten und sprach mit geschlossenen Augen weiter.

»Ich muss mich für meine Tochter heute Morgen entschuldigen, Miss Blake. Sie ist sechzehn, wütend und macht sich Sorgen um ihren besten Freund. Und sie ist aus vielen Gründen gerade sauer auf mich. Ich war nicht sonderlich feinfühlig, als ich Julia nach den Drogen gefragt habe. Aber ich kann nichts dagegen tun, dass ich mir Sorgen mache.«

Mags sagte nichts. Sie hatte die Szene noch gut im Kopf und war froh, dass offenbar kein Riss zwischen Mutter und Tochter entstanden zu sein schien.

»Sie haben ja gehört, was sie mir vorgeworfen hat.

Es spielt eigentlich keine Rolle, und ich habe vor Jahren aufgehört, mich zu rechtfertigen. Aber ich will nicht, dass Sie einen falschen Eindruck gewinnen.«

Elsa Sands öffnete die Augen und sah Mags an.

»Als ich jung war, habe ich Drogen genommen. Ich lebte in London in den Achtzigern, ich wollte das Abenteuer, und ich habe dafür bezahlt. Einige meiner Freunde sind abgerutscht, andere sind krank geworden, einige haben es nicht geschafft.«

Mags hörte das Zögern in der Stimme der Wirtin.

»Aber als ich Julias Vater kennenlernte, war ich schon auf einem anderen Weg. Julia hat sich da etwas zusammengereimt, was nicht stimmt. Es gibt Gründe, warum ich nicht über ihn spreche und warum Julia nicht weiß, wer er ist. Es sind gute Gründe. Julia wird erst erfahren, wer ihr Vater ist, wenn sie volljährig ist. Ich hoffe, sie wird mir bis dahin nicht jeden Tag die Hölle heiß machen.«

Mags wusste nicht, was sie sagen sollte. Hatte ihr eigener Vater nicht etwas ganz Ähnliches getan?

Sie rutschte unbehaglich auf ihrem Stuhl hin und her. Sie sollte sich auf den Mord konzentrieren. Vielleicht wäre Irene Jacobs ja gesprächiger, wenn Elsa dabei war? Doch bevor sie den Mund aufmachen konnte, platzte Sebastian Rathbone etwas atemlos in die Nische.

»Elsa! Adam tobt unten im Pub. Du musst sofort kommen!«

Mags sah, wie Elsa alles Blut aus den Wangen wich und sie eilig aufstand.

22

Elsa war losgerannt, und Sebastian Rathbone hatte Mags zugerufen, sie solle mitkommen.

»Der Inspector hat Julia angeschrien, und Adam hat es gehört. Sie kennen den Polizisten doch, oder? Vielleicht hilft das. Ich hoffe, Julia kann Adam zurückhalten, bis wir da sind. Und ich hoffe, der Inspector hat genug Grips, um Adam nicht auch anzubrüllen.«

Elsa lief erstaunlich schnell den Weg hinunter zum Hafen.

»Ist Adam gefährlich?«

Sebastian gab einen schnaubenden Laut von sich, während er weiterlief.

»Nein, eigentlich nicht. Er ist friedfertig wie kaum ein anderer. Aber jemand hat Julia angegriffen, Adam verteidigt seine Familie. Und er ist groß, verdammt groß.«

Aus Rathbones Stimme sprach ehrliche Sorge.

»Der Inspector ist mir ziemlich egal. Ich hatte gestern ja selbst das Vergnügen, seinen Charme zu spüren. Aber ich will nicht, dass Adam Ärger bekommt. Das hat er nicht verdient.«

Mags bemühte sich, mit Rathbone Schritt zu halten, und erinnerte sich gleichzeitig an ihr erstes Zusammentreffen mit dem Inspector. Sie hatte zu dem Zeitpunkt eine Gartenschaufel in der Hand gehalten und sich nach wenigen Minuten vorgestellt, sie ihm über den Kopf zu ziehen. Mary hatte ihr einmal verraten, dass die Unfreundlichkeit und die ständigen Provokationen des Inspectors nur gespielt seien. Eine Taktik, um Menschen aus der Reserve zu locken. Aber Mags war sich da nicht sicher.

Als sie hinter Elsa und Rathbone in den Pub stürmte, hörte sie schon lautes Scheppern und Adams aufgeregte Stimme aus der Küche.

»Nein, nein, nein!«

Wieder schepperte es.

Elsa eilte ohne einen Blick auf die erschrocken lauschenden Gäste in die Küche, Mags folgte ihr vorsichtig. Der Anblick, der sich ihr bot, ließ sie die Augen aufreißen. Adam schlug immer wieder mit der bloßen Faust gegen das Metall der Tür, die zum Kühlhaus führte. Neben ihm stand Julia und versuchte, ihn zu beruhigen.

Elsa trat hinzu und legte ihre Hand vorsichtig auf Adams Arm. Mags sah, dass sie dafür auf die Zehenspitzen gehen musste

»Adam! Es ist gut. Alles ist gut. Ich bin da. Keiner tut uns etwas. Hör auf, ja?«

Elsas Stimme war sanft, und sie wiederholte die Worte in einem leisen Singsang. Adam ließ die Fäuste sinken.

»Er hat Julia angefasst! Er hat ihr wehgetan!«

Mags sah das Blitzen in Elsas Augen und war froh, dass der Inspector nicht mehr in der Küche war. Ihr Blick war nicht weniger beängstigend als Adams erhobene Fäuste.

Julia schüttelte den Kopf und wurde rot.

»Nein. Er hat mir nicht …«

Sie holte tief Luft.

»Ich – ich wollte dem Inspector eine Ohrfeige geben. Er hat so dumme Dinge über Timothy gesagt, ich habe ihn angeschrien, und er hat einfach so überheblich geguckt, und ich wollte …«

Sie biss sich auf die Lippe.

»Er hat meine Hand festgehalten, und in dem Moment ist Adam reingekommen.«

Elsa sah ihre Tochter ungläubig an.

»Du wolltest einen Polizisten schlagen? Was ist bloß mit dir los?«

Mit einem Blick auf Adam, der neben ihr stand und immer noch die Fäuste ballte, drehte sie ihrer Tochter den Rücken zu.

»Wir sprechen uns später. Ich rede jetzt mit dem Inspector. Wo ist er?«

Mags sah, wie Julia versuchte, ein zerknirschtes Gesicht zu machen, was ihr aber nicht sonderlich gut gelang. Sie starrte auf die Tür zum Kühlhaus.

»Nun ja … Adam ging auf ihn los, und es erschien mir ein sicherer Ort.«

Nachdem Elsa den nicht gerade glücklich aussehenden Inspector aus dem Kühlhaus befreit und in den Pub begleitet hatte, stand Mags alleine mit Adam in der Küche.

»Der darf nicht so mit Julia sprechen.«

Er hatte sich die Mütze vom Kopf gezogen und knetete sie zwischen seinen großen Händen. In seinen Augen standen Tränen.

Sie sah seinen großen Kopf zum ersten Mal ohne Bedeckung und zuckte zusammen. Einige große Narben zogen sich über seinen kahlen Schädel, und die eine Seite wirkte etwas eingefallen.

Er musste ihren Blick bemerkt haben und fasste sich an den Kopf.

»Da fehlt etwas. Und innen ist etwas kaputtgegangen. Ich kann mich nicht erinnern, ich war zu klein. Meine Mutter hat mich aus dem Fenster geworfen. Elsa sagt, ein Schutzengel hat auf mich aufgepasst.«

Mags schluckte.

»Elsa sagt, ich bin groß und stark und muss keine Angst mehr haben. Sie passt auf mich auf. Und ich passe auf Elsa und auf Julia auf. Und trotzdem hat der Inspector sie angefasst. Ich muss besser aufpassen.«

Mags bemühte sich, die richtigen Worte zu finden.

»Julia hat den Inspector zuerst angeschrien. Und sie hat versucht, ihn zu schlagen. Der Inspector ist unfreundlich und hat Julia geärgert, aber er ist nicht böse, okay?«

Sie musste lächeln.

»Er ist nur ein alter Stinkstiefel.«

Adam gluckste.

»Inspector Stinkstiefel.«

Dann wurde er wieder ernst.

»Wenn die Polizei kommt, muss man sich verstecken. Die nehmen einen mit und schreien und schlagen dann.«

Er blickte sie hilfesuchend an.

Bevor sie antworten konnte, hörte sie hinter sich die Küchentür aufgehen, und Elsa kam wieder herein. Sie musste Adams Worte gehört haben.

»Adam, nein. Niemand muss sich verstecken. Inspector Johnson wird niemanden anschreien oder schlagen. Das haben nur die Polizisten in London gemacht, und das war falsch. Niemand schreit dich mehr an. Wir sind hier sicher.«

Adam wirkte skeptisch.

»Ich bin größer als er. Ich beschütze euch.«

Elsa seufzte und legte eine Hand auf seinen Arm.

»Niemand wird uns oder dir etwas tun. Komm mit. Wir sprechen mit dem Inspector.«

Was immer Elsa in der Zwischenzeit zu Johnson gesagt hatte, es musste gewirkt haben. Er stand neben Julia und versuchte, so etwas wie ein Lächeln auf sein Gesicht zu bringen. Ein seltener Anblick. Mags nahm aus den Augenwinkeln wahr, wie Mary Shifter in den Pub trat, und bedeutete ihr, leise zu sein. Elsa stand mit Adam vor dem Inspector.

»Es tut mir sehr leid, Adam. Ich hoffe, Sie können mir verzeihen.«

Und damit streckte er ihm die Hand entgegen, die der Riese zögerlich ergriff, dann grinste er Elsa an.

Inspector Johnsons finstere Miene verhieß jedoch nichts Gutes, und er hatte es eilig, den Pub zu verlassen. Mary Shifter trat zu Mags und sah sie fragend an.

»Was war denn hier los?«

Mags erzählte ihr, was sie wusste, und Mary versuchte, ihr Grinsen zu unterdrücken.

»Im Kühlhaus versteckt? Und dann hat er sich entschuldigt? Johnson hat sich entschuldigt?«

Ungläubig sah sie von Mags zu Elsa, die wieder hinter dem Tresen stand und so wirkte, als wäre nie etwas passiert.

»Was mag sie wohl zu ihm gesagt haben?«

Mags schüttelte den Kopf.

»Ich habe keine Ahnung!«

Die Dohle legte ihren Kopf schief und sah auf die verbliebenen Schiffe im Hafen. In den letzten Tagen war Ruhe eingekehrt. Die Touristen hatten am Morgen mit den ersten Booten oder der Ebbe die Insel erobert und waren am Abend wieder abgezogen. Alles schien zu sein wie früher. Den Abend verbrachten die Bewohner der Insel im Pub oder in ihren Häusern.

Aber aus der Kapelle war ein Toter getragen worden. Sie hatte das Blut riechen können. Und der, der es vergossen hatte, war immer noch auf der Insel. Wenn eine Dohle eine andere tötete, wurde sie der Gemeinschaft verwiesen. Niemand aß mit ihr, niemand schlief neben ihr auf dem Feld und niemals, niemals würde eine andere Dohle mit ihr fliegen.

23

Mags stand neben Sam am Fähranleger und schaute dem Schiff nach. Inspector Johnson und Mary Shifter hatten mit ihrem Team endgültig die Insel verlassen.

»Heißt das jetzt, es wird Anklage gegen Timothy erhoben?«

Sam zuckte mit den Schultern.

»Sie werden es zumindest versuchen. Aber die Beweise sind schwach – und Sir Rupert hat gute Anwälte an die Seite seines Sohnes gestellt.«

Er strich sich die Haare aus dem Gesicht. Es war windiger geworden in den letzten drei Tagen, die Luft roch nach Regen, und auf den Wellen tanzten kleine Schaumkronen. Mags hatte viel über die Inselgeschichte und die Gärten gelernt, hatte sich mit allen Bewohnern unterhalten und war dabei keinen Schritt weitergekommen. Auch Sam hatte in den Büchern gewühlt, das Internet durchforstet und war oft erst spät und mit roten Augen aus der Bibliothek aufgetaucht.

Aber auch er hatte keinen Hinweis auf die Identität des Toten gefunden.

»Das heißt, Timothy kommt bald zurück?«

Sam nickte.

»Es wird eine Anhörung geben, die Polizei wird dem Gericht alle Beweise vorlegen, und die Anwälte werden deutlich machen, dass sie nicht ausreichen. Dann kann

Timothy aus der Untersuchungshaft entlassen werden und kommt zurück.«

Mags blickte zu ihm auf, der immer noch finster dem Boot hinterherstarrte.

»Aber das ist doch gut. Die Polizei hat keine Beweise gefunden, dass Timothy den Mann ermordet hat. Das wollten wir doch.«

Er sah sie an und schüttelte den Kopf.

»Es wird an ihm kleben bleiben. Aus Mangel an Beweisen ist in den Köpfen der Menschen nicht dasselbe wie ein Freispruch.«

Er wandte sich ihr ganz zu.

»Es ist nicht fair.«

Mags fühlte sich hilflos. Sam tat ihr leid, wie er dort vor ihr stand, die Haare vom Wind zerzaust und mit Schatten unter den Augen.

»Ich hoffe, Mary oder der Inspector finden noch irgendetwas heraus. Vielleicht hatte das Ganze ja gar nichts mit der Insel zu tun.«

»Glaubst du ernsthaft, dass sie noch suchen werden? Der Fall ist abgeschlossen, sie haben ihre Pflicht getan. Der nächste Mord wird kommen. Sie werden in ihren Büros Berichte schreiben, und dann ist es vorbei.«

Er drehte sich um und ging mit großen Schritten in Richtung Burg. Mags hatte Probleme, ihn einzuholen.

»Was hast du jetzt vor?«

»Wir müssen die Festschrift zu Ende bringen!«

Sie seufzte und sah dem Boot mit den Polizisten hinterher. Auch sie wäre gerne abgereist und hätte die ganze Sache endlich hinter sich gelassen.

Aber ein Blick auf Sam, der ungeduldig einige Meter

entfernt auf sie wartete, ließ sie ebenfalls ihren Schritt beschleunigen.

Sie würde ihn hier nicht im Stich lassen.

24

Mags betrat die Bibliothek und wurde von dem Geruch von alten Büchern und Möbelpolitur eingehüllt. Sie musste lächeln. Alles hier erinnerte sie an Sam.

Der Raum war hoch und mit bodentiefen Fenstern ausgestattet, durch die das Licht auf einige große Lesetische fiel. An den Wänden standen schwere Bücherregale, gefüllt mit dicken, in Leder gebundenen Bänden. Zwischen den Regalen hingen gerahmte alte Landkarten der Insel.

Sie ging langsam durch den Raum und blieb vor einer kleinen goldgerahmten Zeichnung stehen. Sie spürte, wie Sam hinter sie trat.

»Das ist der Riese, von dem ich dir erzählt habe. Erinnerst du dich?«

»Ja, klar. Er soll hier auf der Insel gelebt und die umliegenden Dörfer auf dem Festland in Angst und Schrecken versetzt haben. Angeblich hat er Schafe und Kühe gestohlen und auf die Insel verschleppt. Ein junger Hirte hat sich dann getraut, ihm die Stirn zu bieten, und ihn hier auf der Insel mit einer Schleuder getötet. Die Leiche des Riesens hat er hier in den Brunnenschacht geworfen. Es gibt unzählige Varianten, und die Geschichte selbst ist ja auch nur eine Abwandlung der biblischen Legende von David und Goliath. In vielen Kulturen gibt es Erzählungen über Riesen und wie mutige Menschen sie mit List, Tücke und Geschicklichkeit besiegt haben.«

»Wer hat die Zeichnung gemacht?«

Sam zuckte mit den Schultern.

»Sie ist nicht signiert, ich kann Sir Rupert bei der nächsten Gelegenheit danach fragen.«

»Von hier aus kann man die Gärten und die Klippen sehen.«

Sie trat an eines der Fenster und schaute hinaus. Durch die vielen kleinen Mauern und Treppen wirkten die Gärten von oben betrachtet wie ein bunt geknüpfter orientalischer Teppich. Der Kontrast zu den grünen Wiesen und den daran anschließenden grauen Klippen war besonders stark.

»Die Familie hat hier wirklich ein Paradies geschaffen, oder?«

Sam trat neben sie, und sie spürte seine Hand auf ihrer Schulter.

»Ich habe etwas für dich. Dort drüben.«

Sie trat neugierig auf einen Tisch zu, auf dem mehrere in grünes Leder gebundene schmale Bücher lagen. Jedes trug das Wappen, das sie schon in der Halle gesehen hatte.

»Sie werden in einem der Archivräume aufbewahrt, daher musste ich sie erst einmal suchen«, erklärte Sam.

Die Gartenbücher! Vorsichtig fuhr sie mit den Fingern über die Einbände. Das gesammelte Wissen der Gärtner dieser Insel. Aufzeichnungen über das Wetter, über Züchtungen und neue Pflanzen. Sie fing an, die Bände zu zählen. Wenn pro Jahr ein Band angelegt worden war, dann …

Sams Stimme holte sie in die Gegenwart zurück.

»Es sind über hundertfünfzig Bücher. Sie riechen ein wenig wie du.«

»Bitte?«

»Sie riechen anders als die anderen Bücher hier. Sie riechen nach Erde, nach Regen, nach Blumen. Lebendig. So wie du auch immer ein wenig nach Blumen und Erde riechst.«

Mags wurde rot.

»Setz dich. Sir Rupert hat gesagt, du darfst nach Herzenslust in ihnen stöbern.«

Er schob ihr einen Stuhl an den Tisch, und sie setzte sich mit weichen Knien. Was für ein Schatz vor ihr lag!

Vorsichtig zog sie ein Buch hervor. 1878. Die Handschrift war schmal und klein. Ihr Vater hatte auch solche Gartenbücher geführt und alle wichtigen Projekte dort dokumentiert. Die Arbeiten an dem Garten des Hauses, in dem sie groß geworden war. Es fehlte nur ein einziges Jahr. Das Jahr, in dem ihre Mutter gegangen war.

»Sam?«

Seine warmen Augen sahen sie lächelnd an.

»Na, bist du glücklich mit deinen Gartenbüchern?«

Sie blickte auf das Buch in ihrer Hand und stellte fest, dass es immer noch auf der ersten Seite aufgeschlagen war.

»Ich werde heute nach Rosehaven fahren und mit Miss Clara über meine Mutter sprechen.«

Sam runzelte die Stirn. Wie müde und blass er aussah.

»Komm mit!«

Sie hatte das eigentlich nicht sagen wollen, und schnell sprach sie weiter.

»Ich meine, du brauchst doch auch mal eine Pause, und du hast Miss Clara länger nicht gesehen. Sie hat ein wunderbares Gästezimmer, da könntest du sicherlich übernachten und …«

Er schüttelte den Kopf.

»Ich bleibe hier. Vielleicht finde ich ja noch etwas über den unbekannten Toten heraus. Und ich muss meinen Auftrag zu Ende bringen.«

Mags sah sich um. Die eben noch so helle Bibliothek wirkte nun eng.

»Scones mit Clotted Cream? Dazu Miss Claras hausgemachte Erdbeermarmelade? Na komm schon!«

Sam nahm seine Brille ab und rieb sich die Augen, dann sah er sie an.

»Nein, ich bleibe. Ich kann nicht fahren, solange ich vielleicht noch etwas finden könnte.«

Sie holte Luft, um etwas zu sagen, wurde aber unterbrochen.

»Mags, ich bleibe hier. Vergiss es also.«

Sam stand gereizt auf und ging zu einem der hohen Fenster. Sie konnte sehen, wie er seine Schultern rollen ließ, dann drehte er sich wieder um.

»Du solltest auch bleiben.«

»Ich kann hier nichts mehr für Timothy tun, aber mir geht nicht mehr aus dem Kopf, was Irene Jacobs gesagt hat. Über mich und meine Mutter.«

Er nickte.

»Ja, das weiß ich. Aber genau deswegen solltest du

nicht fahren. Lass die Sache ruhen. Es gibt Dinge, die sollte man nicht wieder hervorholen. Die Gegenwart ist wichtiger.«

Mags merkte, dass sie sich von seinen Worten angegriffen fühlte, und schoss zurück.

»Merkwürdig, das von jemandem zu hören, der Geschichte lehrt und gerade über einem Haufen alter Papiere brütet.«

Er schüttelte genervt den Kopf.

»Das ist etwas anderes. Du weißt nicht, welche Antworten du bekommen wirst. Vielleicht ist es besser, nicht zu fragen.«

Mags erinnerte sich an den Abend vor einigen Monaten, als Sam ihr von seiner Familie erzählt hatte. Seine Mutter war als Musikerin nach London gekommen und hatte dort seinen Vater kennengelernt. Die beiden hatten geheiratet, als ihr Visum abzulaufen drohte. Doch nach Sams Geburt hatte sein Vater die Familie verlassen. Er hatte ihn nie kennengelernt. War das der Grund, warum er ihr von ihren Plänen abriet?

»Willst du nicht wissen, wer dein Vater ist? Worin du ihm ähnlich bist? Willst du ihn nicht kennenlernen?«

»Nein!«

Sam drehte sich zu ihr um.

»Meine Mutter hat damals eine Entscheidung getroffen, und ich vertraue ihr. Mein Vater wäre ein fremder Mann für mich. Warum sollte ich ihn kennenlernen wollen? Ja, vielleicht habe ich seine Augen geerbt, vielleicht seine Ohren. Aber wer ich bin und wer ich sein werde, das entscheide ich selbst. Für mich zählt das, was ich mache, nicht, wer vielleicht für meine verdammten Ohren verantwortlich ist. Ich stecke weder in seinen Schuhen noch in denen meiner Mutter. Die beiden haben damals eine Entscheidung getroffen. Und bestimmt ist es ihnen nicht leicht gefallen.«

Mags hatte nicht damit gerechnet, dass Sam so vehement gegen ihr Vorhaben war.

»Meine Mutter ist einfach gegangen. Ich habe ein Recht darauf, nach dem Grund zu fragen.«

Er drehte sie an den Schultern zu sich herum und sah sie fragend an. Mags konnte seine warmen Hände auf ihren Armen spüren und die Sorge in seinen Augen erkennen.

»Wie kommst du bloß auf die Idee, es wäre einfach für sie gewesen?«

Mags schluckte, und ihre Stimme wurde lauter.

»Weil sie sich nie wieder gemeldet hat, weil sie weg war!«

Als Sam zu einer Erwiderung ansetzen wollte, merkte sie, wie die jahrelange Wut in ihr aufstieg.

»Verteidigst du sie etwa?«

Sie ballte die Fäuste. Sams ruhige Stimme wirkte alles andere als besänftigend für sie.

»Nein, das tue ich nicht. Ich kenne weder sie noch deinen Vater. Und ich weiß auch nicht, was damals zwischen den beiden vorgefallen ist. Und du weißt nur das, was dein Vater dir über deine Mutter erzählt hat.«

»Sie hat mich alleine gelassen. Sie …«

Mags schnürte es die Kehle zu, und sie fühlte heiße Tränen über ihre Wangen laufen. Mühsam riss sie sich zusammen.

»Ich werde nach Rosehaven fahren und den ersten Schritt machen, meine Mutter zu finden. So oder so.«

Sie schüttelte seine Hände ab, stand ruckartig auf und ging schnellen Schrittes aus der Bibliothek.

25

Mags war froh, wieder in ihrem Wagen zu sitzen. So albern das klang, sie hatte den grünen VW Bus, den sie liebevoll Puckpuck nannte, vermisst. Immerhin hatte sie die letzten Jahre eine Menge Zeit darin verbracht. Und so fuhr sie, wieder etwas ruhiger geworden, über die von kleinen Steinmauern gesäumten Straßen in Richtung Rosehaven. Aus den Lautsprechern Puckpucks klang die Stimme Bob Dylans, und Mags war froh, die Insel verlassen zu haben. Im Kassettendeck steckte seit Jahren das gleiche Band vom Vorbesitzer Jim, voller Erinnerungen an seine Surfer- und Hippiezeit. Mags glaubte, dass die Kassette so etwas wie die Seele des grünen VW Busses war, und hütete sich daher vor irgendwelchen Versuchen, sie zu wechseln.

Ihre Gedanken kehrten zurück zu St. Michael's Mount. Wie musste es sein, für immer dort zu leben? Sie liebte ihr Heimatdorf Rosehaven, war nach den Jahren in Amerika und nach Arthurs Tod dorthin zurückgekehrt wie in einen sicheren Hafen. Sie liebte den kleinen Ort, den Klatsch und Tratsch, der die Gemeinschaft zusammenhielt. Auch, wenn es manchmal weh tat oder für Streit sorgte, der Klatsch war wichtig, damit niemand vergessen wurde. Man sah die anderen, achtete aufeinander, war füreinander da. Und doch konnte Mags jederzeit in ihr Auto steigen und losfahren oder aus dem Haus treten und weiter und weiter laufen, ohne wie auf der Insel das Gefühl zu haben, im Kreis zu laufen.

War das die Wirkung, die die Insel auf sie hatte? Ihre Gedanken drehten sich dort im Kreis, so wie ihre Schritte die immer gleichen Wege einschlugen.

Sie hatte sich nicht mit Sam streiten wollen, er hatte nun mal ein Recht auf seine eigene Meinung. Sie seufzte und stellte die Musik ab.

Auf der Straße vor ihr tauchten runde weiße Flecken auf. Schafe.

Mags trat auf die Bremse und ließ den Wagen so nah wie möglich an die weißen Wollberge heranrollen. Keine Reaktion. Es waren drei Schafe, die sich, leicht kauend, mitten auf der Straße auf dem warmen Asphalt niedergelassen hatten.

Als sie hupte, erntete sie nur ein vorwurfsvolles Blöken. Die Tiere mussten es irgendwie geschafft haben, sich von ihrer Herde loszueisen, oder sie hatten eine Lücke in einem der Zäune gefunden. Mags bewunderte die Geschicklichkeit, mit der Schafe dies konnten: kleinste Lücken finden und – das musste ein Zaubertrick sein – ihre runden und ansonsten eher wenig geschickten Körper elegant hindurchzuzwängen. Einmal hatte sie einen neu angelegten Garten an eine Gruppe ausgebüxter Schafe verloren und dem Schäfer dann die Hölle heiß gemacht. Viele Farmer brachten ihre Schafe mittlerweile nur noch mit einem Hänger von Weide zu Weide und hatten keine Hütehunde mehr. Ein Fehler, denn Schafe konnten Zäune überwinden, den Hund meistens nicht.

Immer noch starrten sie die drei Schafe durch die Frontscheibe an. Mags starrte zurück, in der Hoffnung, die Tiere durch reine Willenskraft zum Aufstehen zu bewegen.

Aber es tat sich nichts.

Sie seufzte, griff in ihr Handschuhfach und holte eine Tüte mit weißen Schokodrops hervor. Ihre erklärte Lieblingsmahlzeit. Und durch Erfahrungen wusste sie, dass auch die Schafe einem Drops nicht abgeneigt waren. Sie rutschte vom Fahrersitz und ging vorsichtig auf die Tiere zu.

Kurz vor den Schafen ließ sie nahe dem Straßenrand einen weißen Schokodrops auf den Boden fallen. Dann einige Zentimeter weiter einen zweiten.

Sie hielt die Luft an, aber zum Glück standen die Schafe unter dem typischen Ächzen auf. Mags ging noch einen Schritt weiter auf den Straßenrand zu und ließ wieder einen Drops fallen. Ein Kichern stieg in ihr auf. Was würde ein zufälliger Beobachter von ihrer Aktion denken? Und wie machten das eigentlich andere Autofahrer? Sie beschloss, Miss Clara danach zu fragen, wie sie Schafe verscheuchte. Aber wahrscheinlich reagierten Tiere ebenso wie die meisten Menschen augenblicklich auf die ruhige Autorität Miss Claras und würden eiligst ihre Hintern vom Asphalt entfernen. Mags ließ noch einen Schokodrops fallen und setzte sich, die Tüte gut sichtbar in der Hand, in das feuchte Gras der Wiese. Nach wenigen Sekunden fühlte sie den warmen Atem des ersten Schafes im Nacken und musste lachen. Auf der ausgestreckten Hand reichte sie ihm noch einen Drops.

Als Mags wieder im Wagen saß, stellte sie das Radio an und fuhr lächelnd weiter. Das Cottage von Miss Clara lag etwas außerhalb des Dorfes und streckte seinen Rosengarten sanft dem Meer entgegen. Jetzt im September zeigten viele der alten Rosensorten, auf die Miss Clara stolz war, noch einmal eine letzte Blüte. Mags meinte, dass eben diese letzten Blüten einen ganz besonderen, eigenen Geruch mit sich brachten, und ging langsam durch den Garten.

Schwere Blüten hingen an den Rosen, und was im Frühsommer noch hektisch von Hummeln und Bienen umflogen worden war, lag jetzt müde und träge in der warmen Herbstsonne.

Ihr eigenes kleines Häuschen, eine umgebaute Scheune, befand sich etwas zurückgesetzt am Rande des Gartens und wurde von der Mittagssonne in sanftes Licht getaucht. Jahrelang war das Häuschen als Gewächshaus genutzt worden, bis Miss Clara sich nach langen Überlegungen ein modernes Gewächshaus auf die andere Seite des Grundstückes bauen ließ. Mags kannte die Scheune noch aus der Zeit, als ihr Vater dort über die Anzuchttische gebeugt gestanden und mit Miss Clara über alte Rosensorten diskutiert hatte. Dann hatte der Schuppen leer gestanden, doch als sie nach Rosehaven zurückgekommen war und Miss Clara in einem schwachen Moment vom drohenden Verkauf ihres Elternhauses erzählt hatte, hatte sie ihr den Schuppen als Wohnhaus angeboten. Er hatte einen Stromanschluss und einen dicken Bollerofen, der den großen Raum auch im Winter warm hielt. Mags hatte sich im hinteren Teil eine Schlafempore mit einer Leiter gebaut und mit Hilfe eines Boilers und einigen alten Schränken eine kleine Küchenzeile improvisiert. Die Bürgerwehr des Ortes hatte auf Miss Claras Kommando hin einen kleinen Anbau errichtet und dort eine Dusche und eine Toilette angeschlossen. Es gab einen wackeligen Esstisch, und die alten Pflanztische hatte Mags etwas erhöht und nutzte sie als Schreibtisch. Miss Clara hatte von ihrem Dachboden einige geknüpfte Teppiche, dunkle Holzstühle und sogar einen schweren Ohrensessel aus Leder beigesteuert.

Mags zögerte kurz. Es war verführerisch, einfach in ihr Häuschen zu gehen und sich in den Sessel sinken zu lassen.

Doch dann drehte sie sich seufzend um und ging in Richtung der fast immer offen stehenden Küchentür des Cottages.

Wem wollte sie etwas vormachen? Weder die Schafe, noch die Rosen, noch die warme Herbstsonne würden sie davon abhalten, über die Insel, Sam und ihre Mutter zu grübeln. Nur Feiglinge liefen davon.

26

In der Küche hörte sie Stimmen, Miss Clara hatte offenbar Besuch. Im Näherkommen erkannte sie die tiefe Stimme von Jim, dem Vorbesitzer ihres VW Busses, Schöpfer des Mixtapes und einer der Menschen, die ihr sehr lieb waren. Er war jahrelang mit dem Bus durch die ganze Welt gereist, bis er schließlich sich und seinen Surfbrettern in Cornwall eine Heimat gab. Sein weißer Bart war lang und zauselig, er hatte die grauen Haare zu einem kleinen Zopf gebunden. Ein altes Hawaiihemd und kurze Shorts ließen seine gebräunte Haut erkennen und einen immer noch erstaunlich muskulösen Körper.

An den Füßen trug er bei fast jedem Wetter offene Sandalen, die er nur für Beerdigungen und den unwahrscheinlichen Fall von Schnee in Cornwall gegen feste Schuhe tauschte. Wie alt mochte Jim mittlerweile sein? Er hatte sich, neu in Rosehaven, mit Mags' Vater angefreundet und war ihr seit ihrer Kindheit vertraut.

Als sie die Küchentür öffnete, sah sie ihn mit dem Kopf in Miss Claras Backofen stecken, neben sich eine geöffnete Werkzeugkiste. Miss Clara selbst saß auf einem der Küchenstühle und erzählte Jim den neusten Klatsch aus dem Dorf. Ihre feinen Hände waren damit beschäftigt, die vier Stricknadeln und die bunte Wolle auf ihrem Schoß zu bändigen. Mags konnte in dem

Gewusel das Bündchen und die Ferse einer erstaunlich großen und erstaunlich bunten Socke erkennen.

Miss Clara wandte den Kopf, sah sie und stand behände auf.

»Mags! Du bist wieder da. So eine fürchterliche Geschichte … Die *Cornwall Gazette* bringt einen Artikel nach dem anderen über den Mord.«

Sie ergriff Mags' Hände und zog sie zum Küchentisch.

»Setz dich, du willst sicherlich einen Tee haben. Und irgendwo habe ich noch ein Stück Kuchen, die Stachelbeeren hinten am Zaun waren reif.«

Jims laute Stimme unterbrach sie.

»Clara, du hast mir ein großes Stück von dem Kuchen und ein neues Paar Socken versprochen, wenn ich deinen altersschwachen Herd wieder zum Laufen bekomme. Also pass auf, dass Margaret mir nicht alles wegisst.«

Mags musste grinsen und wollte gerade zu einer Erwiderung ansetzen, aber Miss Clara legte einen Zeigefinger auf ihren Mund.

»Der Ofen hat schon wieder diese komischen Geräusche gemacht. Und Jim hat sich bereiterklärt, ihn zu reparieren. Er ist meine Rettung. Vielleicht sollte ich mir bald einen neuen kaufen.«

Mags hörte, wie Jim sein lautes Lachen ausstieß und dann mit dem Kopf aus dem Ofen hervorkam.

»Als ob du das je tun würdest. Das wievielte Mal repariere ich ihn jetzt schon für dich? Und jedes Mal sagst du, du würdest dir bald einen neuen kaufen.«

Miss Clara hob ihr Strickzeug an.

»Stell dir vor, ich würde mir tatsächlich einen neuen

Herd kaufen! Wie würdest du dann überhaupt an Socken kommen?«

Als Jim daraufhin nichts einfiel, nickte sie mit einem leichten Schimmer in den Augen.

»Siehst du? Also schimpf nicht, sondern bring meinen alten Ofen wieder zum Laufen!«

Mags lachte und ging auf Jim zu, um in einer seiner Umarmungen zu versinken.

»Margaret Elisabeth! Clara erzählte, du seist auf St. Michael's?«

Sie atmete Jims vertrauen Geruch nach Pfeifentabak und Patschuli ein und erwiderte die Umarmung fest.

»Onkel Jim, du hast mir gefehlt.«

Sie sah mit Freude, wie sein Gesicht einen leichten Rotton annahm, wie immer, wenn sie ihn Onkel nannte.

»Ja, ich war auf St. Michael's.«

Seine Miene wurde ernst, und er wechselte einen Blick mit Miss Clara.

»Wir haben von dem Mord gehört, die Zeitungen waren voll davon. Geht es dir gut?«

Sie seufzte. Immerhin wusste sie, dass die beiden Menschen vor ihr nicht aus Neugierde, sondern aus Sorge nachfragten. Wem, wenn nicht diesen beiden Menschen, sollte sie vertrauen?

»Ja, alles ist gut. Aber Sam und ich haben die Leiche gefunden.«

Miss Clara gab einen erschrockenen Laut von sich und legte ihr Strickzeug zur Seite.

»Oh mein Gott, Mags!«

»Es geht mir gut, wirklich. Es war nicht schön, aber die Polizei war schnell da.«

Sie ließ sich auf einen der Küchenstühle fallen.

»Viel schlimmer ist, dass sie einen jungen Mann verhaftet haben, der wahrscheinlich unschuldig ist. Ein Student von Sam.«

Sie erzählte den beiden alles, was passiert war, und fühlte sich danach um einiges leichter.

Miss Clara hatte währenddessen Tee gekocht und verteilte jetzt den Kuchen auf Teller.

»Das klingt alles nach einer abscheulichen Geschichte.«

Miss Clara setzte sich und nippte an ihrem Tee.

»Ich kenne Irene Jacobs, die Gärtnerin – und Lady Joyce habe ich auch auf einigen Veranstaltungen getroffen. Sie ist eine sehr schöne Frau und schien mir sehr freundlich zu sein.«

Sie runzelte die Stirn.

»Als Sir Rupert sie damals heiratete, gab es schon einige Neider und böse Gerüchte. Er ist ja um einiges älter, und viele spekulierten, sie hätte ihn nur wegen seines Titels und des Geldes geheiratet.«

Mags schüttelte den Kopf und dachte daran, wie Lady Joyce die Hand ihres Mannes ergriffen hatte.

»Das glaube ich nicht. Sie scheint ihren Mann zu lieben – und sie vergöttert ihren Sohn.«

Miss Clara nickte.

»Ja, ich erinnere mich, dass die Klatschpresse nach der Heirat nur darauf wartete, dass sie schwanger werden würde. Ein Erbe für St. Michael's Mount. Aber es dauerte ein wenig. Es muss schlimm für die Eltern sein, dass ihr Sohn jetzt unter so einem Verdacht steht.«

Jim hatte schweigend zwei gewaltige Stücke von Miss

Claras Kuchen gegessen und legte die Gabel nun zufrieden aus der Hand.

»Ein Freund von mir, Sebastian Rathbone, lebt auf der Insel.«

Mags zog erstaunt die Augenbrauen hoch. Sie überlegte kurz, wie sie die nächsten Worte am besten formulieren sollte.

»Ja, ich habe ihn kennengelernt. Er ist ein sehr – intensiver Mensch, nicht wahr? Ich habe mich einmal länger mit ihm unterhalten und weiß jetzt so ziemlich alles, was es über die Dohlen auf der Insel zu wissen gibt. Er hat wegen eines geplanten Feuerwerkes ziemlichen Streit mit dem Tourismusmanager und Sir Rupert. Er ist etwas aufbrausend.«

Jim lachte und nickte.

»Ja, das ist Sebastian. Wenn es um Tiere geht, verliert er schnell jedes Maß. Und dabei ist er ja schon viel ruhiger geworden. Früher hat er …«

Er unterbrach sich und sah sie an.

»Sagen wir mal so: Früher wäre er nicht nur mit Worten schnell gewesen. Aber was vergangen ist, ist vergangen.«

Mags sah Jim neugierig an, aber der schüttelte nur den Kopf und stand auf.

»So, der Ofen sollte es mal wieder für ein paar Monate tun. Ich hole mir meine Socken beim nächsten Mal ab.«

Er beugte sich zu Miss Clara und gab ihr einen Kuss auf die Wange, Mags strich er über den Kopf. Die Geste rührte sie, da er das schon getan hatte, als sie ein kleines Mädchen gewesen war.

Dann wandte er sich zur Tür, hielt inne und griff mit einer schnellen Bewegung nach einem weiteren Stück Kuchen.

Miss Clara zog die Augenbrauen hoch, als er lachend aus der Küche trat.

Mags rutschte unbehaglich auf dem Küchenstuhl hin und her, was ihr einen fragenden Blick von Miss Clara einbrachte, die wieder zu ihrem Strickzeug gegriffen hatte.

»Als ich Irene Jacobs das erste Mal traf, sagte sie etwas zu mir.«

Ihre Freundin bewegte weiterhin die Nadeln und schaute sie neugierig an.

»Ja?«

Sie zögerte.

»Sie sagte, ich wäre meiner Mutter wie aus dem Gesicht geschnitten.«

Sie hielt die Luft an.

Miss Clara legte mit einer vorsichtigen Bewegung das Strickzeug auf den Tisch, schloss kurz die Augen und sah sie an.

»Das bist du auch.«

Mags merkte, wie ihr die Tränen in die Augen stiegen.

»Mein Vater hat nie über sie gesprochen.«

Miss Clara zögerte, wenn auch nur kurz, dann stand sie auf, ging zu einem der Küchenschränke und holte zwei kleine Gläser hervor. Aus einem anderen Schrank brachte sie eine bauchige Flasche, kam an den Tisch zurück und schenkte sich und Mags ein.

»Du willst wissen, was damals passiert ist?«

Mags nickte.

»Du musst verstehen, dass dein Vater sehr verletzt und wütend war. Ich glaube, seine einzige Chance, nicht zu zerbrechen, war es, darüber zu schweigen. Er musste sich ja um dich kümmern, er musste funktionieren.«

Sie schüttelte den Kopf und nippte an ihrem Glas.

»Ich fange besser von vorne an. Aber ich warne dich, ich weiß nicht alles, einiges nur vom Hörensagen, und bei vielen Dingen kenne ich nur das, was dein Vater mir erzählt hat. Du musst selbst entscheiden, wie du damit umgehen willst.«

Sie lehnte sich zurück und holte tief Luft.

»Ich kann mich noch gut an den Tag erinnern, als dein Vater zum ersten Mal deine Mutter mit ins Dorf brachte. Die beiden kamen Hand in Hand durch die Tür zu mir ins Postamt, und es war sofort klar, dass sie sich für immer gefunden haben. Zumindest dachte ich das damals.«

Sie schloss bei der Erinnerung die Augen.

»Deine Mutter trug ein Sommerkleid mit riesigen Mohnblüten. An jeder anderen Frau hätte es übertrieben gewirkt, aber zu ihr passte es. Sie war leiser als dein Vater, ihre Stimme nie laut. Wenn dein Vater lachte, wackelten die Wände, wenn sie lachte, dann wurde einem warm ums Herz. Er erzählte immer, er hätte sie in einem Garten gefunden, wo sie die Pflanzen zeichnete. Ich weiß nicht, wo sie herkam, sie sprach nicht über ihre Familie. Nach kurzer Zeit zog sie zu Maximilian in das alte Haus, und gemeinsam renovierten sie es. Sie war geschickt mit ihren Händen. Sie heirateten, in ganz kleinem Kreis auf dem Standesamt, deine Mutter trug mein altes Brautkleid.«

Ihre Stimme brach.

»Ich habe ein Foto, auf dem die beiden vor einem Baum stehen und meine Mutter ein weißes schlichtes Kleid trägt. Das Hochzeitsfoto.«

Miss Clara nickte und legte ihre Hand über Mags'.

»Und dann kamst du. Dein Vater war überglücklich, und deine Mutter trug dich in einem Tuch überall mit sich. Sie waren so glücklich, alles schien perfekt. Doch irgendetwas muss passiert sein, ich weiß es nicht. Dein Vater arbeitete damals für ein Museum und legte die Innenhofgärten neu an. Ich glaube, deine Mutter hatte auch irgendetwas mit dem Museum zu tun. Du warst damals drei Jahre alt. Ich weiß, dass Mrs Miller auf dich aufpasste, wenn deine Eltern unterwegs waren. Sie kam oft mit dir ins Postamt, um mir Hallo zu sagen, und du wolltest immer mit einem der Stempel spielen.«

Mags erinnerte sich an Majore Miller, eine ehemalige Lehrerin, die in Rosehaven bis zu ihrem Tod gelebt hatte und früher oft auf sie aufgepasst hatte.

Miss Clara stand auf und trat an das Fenster.

»Der Sommer war sehr heiß und trocken, die Gärten und Menschen sehnten sich nach Regen, aber keine Wolke tauchte auf. Eines Morgens kam Majore aufgeregt mit dir auf dem Arm zu mir ins Postamt und erzählte mir, dass dein Vater zu Hause im Gartenschuppen alles kurz und klein schlug. Wir überlegten kurz, was zu tun sei, ich schloss den Laden ab und telefonierte mit Jim und Mr Kelvin. Als wir ankamen, hatte dein Vater gerade im Garten einen großen Haufen Holz aufgeschichtet und angezündet und warf nach und nach

Dinge hinein. Als wir näher kamen, sahen wir, dass es Leinwände waren.«

»Die Bilder meiner Mutter.«

Miss Clara nickte.

»Er ließ sich kaum beruhigen, und da du weintest und Jim und Mr Kelvin endlich um die Ecke kamen, gingen ich und Majore ins Haus. Dort fanden wir den Brief.«

Mags blickte auf und sah, wie Miss Clara rot wurde.

»Wir machten uns Sorgen, und er lag offen auf dem Küchentisch, also lasen wir ihn.«

Mags hielt den Atem an.

»Ich kann mich nicht mehr an jedes Wort erinnern, aber doch an das meiste. Er war an deinen Vater und dich gerichtet. Deine Mutter schrieb, dass sie gehen müsse. Dass es ihr das Herz breche, aber dass sie gehen müsse und nicht sagen könne, für wie lange sie weg sei. Oder ob sie je wiederkommen werde. Sie bat deinen Vater, ihr zu verzeihen. Sie schrieb an dich, dass sie dich immer lieben werde. Es waren nur wenige verwackelte Zeilen, auf dem Papier Spuren von Tränen. Neben dem Brief lag ihr Ehering.«

Mags umklammerte die Tasse mit dem kalten Tee und stellte sie vorsichtig ab.

»Warum?«

»Ich weiß es nicht. Dein Vater beruhigte sich irgendwann, aber er hatte alle Bilder verbrannt. Er fragte, ob Majore und ich uns für einige Tage um dich kümmern könnten, und stieg in sein Auto. Er war zwei Nächte lang weg. Majore und ich hatten unsere liebe Mühe, dich zu beruhigen. Wir beschlossen, beide mit dir im

Haus zu bleiben, damit du wenigstens dein vertrautes Umfeld hattest. Es war fürchterlich.«

Sie war vom Fenster zu Mags getreten und legte ihr die Hände auf die Schultern. Mags ließ ihren Tränen freien Lauf.

»Nach zwei Tagen kam dein Vater wieder, entschuldigte sich bei uns. Er wirkte klar und bestimmt, nur seine Hände zitterten bei jeder Bewegung. Er nahm dich auf den Arm und sagte, dass er dich nie wieder alleine lassen werde. Er bat uns, über das Ganze zu schweigen. Er wollte dir, wenn du alt genug seist, alles selbst erzählen.«

»Das hat er nie getan.«

»Nein, das dachte ich mir.«

»Es gab natürlich Gerüchte, jede Menge Gerüchte, aber nachdem Mr Kelvin und Jim einmal ein Machtwort gesprochen und jedem eine Tracht Prügel androhten, der weiterhin über die Sache tratschen würde, wurden sie leiser und hörten schließlich auf.«

Mags schüttelte den Kopf.

»Was ist damals bloß passiert? Was hat meine Mutter dazu gebracht, auf diese Weise zu gehen?«

Miss Clara sah sie an und hob hilflos die Hände.

27

Mags wusste, sie musste über das Ganze erst einmal in Ruhe nachdenken. Anstatt Antworten zu bekommen, hatte Miss Claras Geschichte noch viel mehr Fragen aufgeworfen. Seufzend gab sie den Versuch auf, sich um die auf ihrem Schreibtisch aufgehäufte Post und ihren blinkenden Anrufbeantworter zu kümmern, und griff nach ihrer Tasche. Sie wusste, wohin sie jetzt musste.

Doch im Rausgehen hielt sie inne, erinnerte sich an das, was Jim über Rathbone berichtet hatte, und griff nach kurzem Überlegen zum Telefon.

Der neue Friedhof von Rosehaven lag etwas außerhalb des Ortes oberhalb der Klippen. Wind wehte, und der Abend brachte kältere Luft mit sich. Mags öffnete das Tor in dem hohen Maschendrahtzaun, der gefräßige Schafe davon abhalten sollte, die Blumen von den Gräbern zu rupfen. Rings um die Kirche in der Mitte des Dorfes gab es noch einige alte Grabsteine. Die letzte Beerdigung dort hatte allerdings schon 1930 stattgefunden. Seitdem trugen die Dorfbewohner ihre Toten von der Kirche über die steile Straße zum Dorf hinaus und über das Feld.

Mags mochte den Ort, weil er voller Licht und Luft war.

Das Grab ihres Vaters lag im hinteren Ende. Der

schlichte Grabstein, ein Findling, den Jim in mühsamer Arbeit poliert hatte, strahlte Wärme aus.

Miss Clara hatte eine wunderschöne hellrosa Rose auf das Grab gepflanzt, deren kleine gefüllte Blüten einen süßen Duft verströmten. Eine Ackerwinde hatte sich ihren Weg über den Zaun gesucht und den Grabstein und die Rose umschlungen. Mags zögerte, die zarten weißen Blüten auszurupfen. Aber würde sie es nicht tun, wäre die Winde bald über das ganze Grab verteilt.

Eigentlich sollte sie gerade wütend sein, fluchen oder mit dem Schicksal hadern. Ihr Vater hatte die Bilder seiner Frau verbrannt und seiner Tochter nie etwas über ihre Mutter erzählt. Aber nach allem, was Miss Clara ihr erzählt hatte, war sie nur traurig.

»Du fehlst mir.«

Sie legte eine Hand auf den warmen Grabstein und setzte sich in das Gras, um nachzudenken. Es gab wohl kaum einen Ort auf der Welt, an dem man besser traurige Gedanken loswerden konnte, als *The Golden Budgie*, Rosehavens Pub und gesellschaftlicher Mittelpunkt.

Mags hatte kaum die schwere Tür geöffnet, als sie schon von Mrs Kelvin, der Besitzerin, in eine herzliche Umarmung gezogen wurde. In wenigen Sekunden saß sie am Tresen, dessen Oberfläche nach all den Jahrzehnten glänzte, vor ihr standen ein Glas mit Cider und eine dampfende Pastete. Anhand der hellen Dillsauce konnte Mags auf den Inhalt schließen: Fisch, welchen auch immer Albert, einer der letzten Fischer Rosehavens, am Morgen aus dem Meer gezogen hatte. Hätte es dunkle Sauce gegeben, wäre die Pastete mit Fleisch gefüllt gewesen. Zur Pilzsauce gab es eine Gemüsefüllung. Neben den drei Pasteten wurden Fish and Chips oder ein Steaksandwich serviert. Nicht mehr, nicht weniger. Eine Karte hatte es noch nie gegeben.

Hinter dem Tresen stand Mr Kelvin, breit und kahlköpfig, die Hände groß wie Bratpfannen. Und mit einer so sanften Tenorstimme, dass er, sollte er sich zu einem Lied überreden lassen, alle im Pub in Sekunden in andächtiges Schweigen versetzen könnte. Ebenso schnell schaffte er es allerdings auch, jeden Unruhestifter mit einem Blick und dem Zusammenziehen seiner dichten Augenbrauen abzuschrecken.

Mags biss in das erste Stück der Pastete. Sie hatte sich geirrt. Albert musste Hummer gefangen haben. Seufzend vor Wohlbehagen schloss sie für einen Moment die Augen. Nichts, noch nicht mal Miss Claras Kuchenkreationen, ging über Mrs Kelvins Hummerpastete.

Der Pub war zu dieser Zeit noch nicht voll. Sie konnte ihr Essen in Ruhe genießen und dabei ihren Blick über die Einrichtung schweifen lassen. Auch die hatte sich in den letzten Jahrzehnten kaum geändert.

In einem großen Käfig hinter der Theke zankten sich zwei Wellensittiche, die die Kelvins vor zwei Jahren zu ihrer Silbernen Hochzeit geschenkt bekommen hatten.

Der Name des Pubs, *The Golden Budgie*, also Der Goldene Wellensittich, spielte auf die Bergbauvergangenheit Cornwalls an. Die Bergleute hatten die kleinen Vögel nicht ohne Grund gezüchtet. In den Schächten der Minen konnte aus dem Gestein Methan entweichen. Lagerte sich zu viel Methan an, reichte schon der kleinste Funke, um eine Explosion auszulösen. Die

Bergleute trugen einen Käfig mit den kleinen Vögeln herum, um rechtzeitig gewarnt zu werden. Wurde die Methandichte zu hoch, fielen die Tiere um, und die Bergleute konnten die Schächte verlassen.

Die beiden Vögel hinter der Theke waren von den Pubbesuchern schlicht *Mr* und *Mrs* getauft worden. Für Mags war es ein Wunder, dass die Wellensittiche bei der Menge der Erdnüsse, die ihnen heimlich zugesteckt wurden, noch nicht rund wie Tennisbälle waren.

Sie lächelte und zuckte zusammen, als der Hocker neben ihr mit einem lauten Geräusch nach hinten gezogen wurde.

»Mags, schön wie eh und je!«

»Bob! Wie hast du mich denn so schnell gefunden?«

»Deine charmante Vermieterin wies mir den Weg.«

Geschmeidig setzte sich ein schlanker rothaariger Mann neben sie. Bob Conner war ein alter Schulfreund und mittlerweile Redakteur bei der *Cornwall Gazette*, Cornwalls einziger Tageszeitung. Und er war der Mann, mit dem Mags vor weniger als zwei Stunden telefoniert hatte.

»Was machst du hier? Bist du direkt aus Truro gekommen?«

Bobs helles Gesicht verzog sich zu einem Lächeln. Seine grünen Augen leuchteten. Er war schon zur Schulzeit der Schwarm sämtlicher Mädchen gewesen. Nur Mags hatte ihm immer widerstehen können, und vielleicht lag darin auch das Geheimnis ihrer Freundschaft.

»Für dich ist mir kein Weg zu weit, Darling.«

Er griff nach Mags' Gabel und steckte sich ein Stück Pastete in den Mund.

»Oh, wen muss ich umbringen, um auch so etwas zu bekommen?«

Mags nahm ihm die Gabel weg und lachte, als Mrs Kelvin, die wie immer alles mitbekommen hatte, mit einer weiteren dampfenden Pastete ankam. Bob gab einen Seufzer von sich, als er den ersten Bissen nahm.

»Das ist besser als die Hummerpastete, die ich letzte Woche im Jachtclub von St. Ives gegessen habe. Um Meilen besser. Und der Koch dort hat einen Stern.«

Mrs Kelvin strahlte. Mags musste schmunzeln. Ein weiteres Opfer von Bobs Charme. Es gab Reporter, die sich ihren guten Ruf durch Hartnäckigkeit erarbeiteten, andere durch säuberliche Recherchen, andere durch ein Gespür für ungewöhnliche Geschichten. Bob vereinte all das, aber punktete vor allem dadurch, dass die Leute ihn mochten. Sie erzählten ihm gerne ihre Geschichten, luden ihn ein, wollten ihn in ihrer Nähe haben.

Es gab nichts, wovon Bob noch nicht gehört hatte.

»Warum bist du extra gekommen? Ich wollte dich doch morgen anrufen.«

Mr Kelvin hatte sein Gespräch mit Bob kurz unterbrochen, um einigen neu angekommenen Gästen ihr Bier zu zapfen, und sie nutzte die Unterbrechung. Ein Schatten legte sich über Bobs Gesicht.

»Ich habe Informationen für dich. Du hattest am Telefon ja nach diesem Rathbone gefragt … Da an der Sache anscheinend etwas mehr dranhängt, wollte ich dir persönlich davon erzählen.«

Mags blickte skeptisch, und Bob zwinkerte ihr zu.

»Okay, ertappt, ich gebe es ja zu, ich will eine Geschichte darüber schreiben. Es geht um den Mord auf

St. Michael's Mount, richtig? Und das, was ich für dich habe, macht das Ganze noch etwas spannender. Du bekommst die Informationen von mir – und im Austausch erzählst du mir ausführlich, was da eigentlich los war auf Sir Ruperts heiliger Insel.«

»Du kennst Sir Rupert?«

»Darling, ich kenne jeden.«

Mags zögerte nur kurz und reichte ihm dann ihre Hand.

»Deal.«

28

Wind war aufgezogen, und Mags konnte spüren, wie er die letzte Wärme des Sommers mit sich fortnahm. Auf den wenigen Metern zum Damm und zum Schiffsanleger hatte sie in ihrer dünnen Windjacke gefröstelt.

Es war Flut, und nur wenige Touristen standen auf der kleinen Mole und warteten auf das Schiff. Mags' Kopf dröhnte etwas, als neben ihr ein vielleicht neunjähriger Junge in lautes Lachen über etwas ausbrach, was ihm sein Vater ins Ohr geflüstert hatte. Der Abend im Pub war länger geworden als geplant. Und sie hatten definitiv ein Bier mehr getrunken, als gut gewesen war. Mags verfluchte sich und Bob gleich mit dazu. Er lag jetzt sicherlich noch selig schlummernd auf ihrer Couch. Und sie wusste von früher, dass er so gut wie nie einen Kater bekam.

Zusammen mit der Handvoll Besucher stieg sie in das schaukelnde Boot und hielt sich, etwas unsicher, was ihr Magen dazu sagen würde, an der Reling fest. Am Bug des Schiffes stand wieder der Junge vom Anleger, eine Hand vertrauensvoll in die seines Vaters gelegt. Die Ähnlichkeit zwischen den beiden war verblüffend, und Mags musste leise lachen, als sie sah, wie Vater und Sohn, die Haare windzerzaust, am Bug des kleinen Fährschiffes standen und bei jedem Hüpfer des Bootes lachten.

»Du bist deiner Mutter wie aus dem Gesicht geschnitten«, hatte Irene Jacobs gesagt – und damit etwas ausgesprochen, was sie schon immer gewusst hatte. Sie hatte weder das glatte dunkle Haar noch die schmalen Augen ihres Vaters, nicht seine breiten Hände mit den kurzen kräftigen Fingern oder die Grübchen auf seinen Wangen, die er meist unter einem Bart zu verstecken versuchte.

Sie fragte sich, ob Sam aussah wie sein Vater oder seine Mutter oder ob er wie Timothy zum Beispiel keinem seiner Elternteile ähnlich sah. Arthur, ihr Exmann, hatte ausgesehen wie seine Mutter, in einer kantigen, schlaksigeren Version. Julia war unverkennbar zwar Elsas Tochter, aber wer auch immer ihr Vater war, er hatte ihr eine Zerbrechlichkeit mitgegeben, die Elsa bei Gott nicht hatte.

Würde Adam in den Spiegel blicken und dort vielleicht sogar die Augen oder die Nase der Frau sehen, die ihm so Schreckliches angetan hatte?

Mags schüttelte sich und sah der Insel entgegen. Vielleicht hatte Sam recht, und es war gerade wichtiger, sich um die Gegenwart als um die Vergangenheit zu kümmern.

Sie fand ihn genau so vor, wie sie ihn am Tag zuvor zurückgelassen hatte. In der Bibliothek, über ein Buch gebeugt, seine Lesebrille auf der Nase, völlig versunken.

»Sam?«

Keine Reaktion.

War er immer noch sauer auf sie? Mags zögerte. Wollte sie das wirklich? Hier ging es um mehr, sogar sie konnte die Augen nicht mehr davor verschließen. Schließlich sah er doch von seinen Unterlagen auf.

»Du bist schon zurück? Komm her, ich muss dir etwas zeigen.«

Sie trat neben ihn an den Tisch, legte ihm die Hand auf den Arm und beugte sich über das geöffnete Buch. Sie hatte gesehen, wie er bei ihrer Berührung erstaunt geblinzelt hatte, und musste ein Kichern unterdrücken. Sam würde in Zukunft sicherlich noch einige Male erstaunt blinzeln müssen.

Er räusperte sich und zeigte dann auf ein Foto, das mit Tesafilm in das Buch geklebt war.

»Das hier ist eine Art Bericht über die Restaurierungsarbeiten an der Kapelle. Es ist zwanzig Jahre her. Damals ist ebenso wie heute eine Gruppe von Restauratoren in der Ausbildung auf Einladung von Sir Rupert auf die Burg gekommen und hat im Gegenzug für freie Kost und Logis in der Kapelle die Wände und auch das Altarbild restauriert. Sir Rupert scheint in solchen Sachen sehr geschickt zu sein. Die Studenten können die Arbeit in ihrem Lebenslauf vorweisen und Erfahrungen sammeln, dafür spart er sich einen teuren Restaurator und bringt auch noch Leben auf die Insel. In den letzten Jahrzehnten gab es einige solcher Arrangements: Studenten der Restaurationskunst, Archäologie, Geschichtsstudenten, die an der Chronik arbeiteten. Die Erfassung der Bibliothek war das Abschlussprojekt eines ganzen Jahrgangs von Bibliothekaren aus London, und auch in den Gärten sind immer wieder junge Menschen unterwegs, die entweder als Praktikanten oder für ein Projekt unentgeltlich arbeiten. Irgendwann scheint es zur Tradition geworden zu sein, über den Aufenthalt hier eine Art Erinnerungsbuch zu schreiben und es der Bibliothek zu spenden. Ich habe über zwanzig solcher Bücher gefunden. Zwei davon sind besonders interessant.«

Mags betrachtete das Foto genau. Es zeigte eine Gruppe von drei Frauen und vier Männern, alle vielleicht Anfang zwanzig, wie sie vor einer Mauer im Garten standen und in die Kamera lächelten. Fragend sah sie Sam an.

»Was ist an dem Foto so besonders?«

Sam drückte ihr eine Lupe in die Hand.

»Guck dir mal den dritten Mann von links an. Ich glaube, wir haben ihn schon einmal gesehen.«

Mags beugte sich näher über das Bild und schnappte nach Luft.

»Du meinst, das ist unser Toter? Warum?«

»Die Kopfform, die Wangenknochen, der Mund«, erklärte Sam.

Sie war unschlüssig.

»Ich sehe die Ähnlichkeit nicht auf den ersten Blick. Aber ja, es könnte sein. Hast du den Inspector informiert?«

»Ja, ich habe das Bild abfotografiert und ihm geschickt. Er ist ebenso unschlüssig wie du, will das Originalbild aber einem seiner Zeichner zeigen.«

Er schüttelte den Kopf.

»Wenn ich recht habe, dann heißt unser Toter Charles Grey und war schon einmal vor zwanzig Jahren auf der Insel.«

Mags war immer noch nicht überzeugt.

»Müssten ihn die anderen dann nicht erkannt haben? Wer war damals denn schon hier?«

»Sir Rupert und Lady Joyce waren da gerade ein Jahr verheiratet. Irene Jacobs ist auch schon seit weit mehr als zwanzig Jahren auf der Insel. Elsa war zu der Zeit noch in London, Timothy noch nicht mal geboren. Sebastian Rathbone ist ungefähr so alt wie der Tote, ich weiß aber nicht, wo er damals war.«

»Zu Sebastian kann ich dir noch etwas erzählen.«

Sam, der sorgfältig das Buch zugeklappt hatte, sah interessiert auf.

»Wusste Miss Clara noch irgendetwas?«

Mags lächelte.

»Nein, diesmal war es nicht Miss Clara, sondern Jim. Er war zu Besuch, und als ich von den Ereignissen auf der Insel erzählte und Sebastians Namen nannte, machte er eine komische Andeutung, und daher habe ich ein wenig nachgeforscht.«

Sie machte eine Kunstpause.

»Ich habe einen alten Schulfreund, der bei der *Cornwall Gazette* arbeitet, gebeten, etwas nachzuforschen. Im Gegenzug musste ich ihm versprechen, ihn über die Neuigkeiten hier auf dem Laufenden zu halten.«

Sam zog die Augenbrauen hoch, doch Mags schüttelte den Kopf.

»Keine Sorge, ich passe schon auf, was ich erzähle. Und Bob ist ein Freund. Aber Rathbone hat wohl wirklich Dreck am Stecken. Kennst du die LAR, die Liga für Tierrechte? Eine Gruppe radikaler Tierschützer, die vor zwanzig Jahren hier in der Region für Schlagzeilen sorgte? Die LAR waren nicht bloß Demonstranten, sondern

Aktivisten. Sie störten Fuchsjagden, zerstörten Hindernisse und zerstachen die Reifen der Teilnehmer. Sie filmten in Ställen der Massentierhaltung und machten die Bilder öffentlich. Sie überschütteten Autos und Häuser von Bauern mit Kunstblut und schreckten irgendwann auch vor Gewalt gegen Menschen nicht zurück.«

Sam nickte.

»Ich kenne die Geschichten. Die Gruppe wurde immer radikaler. Bei einer Aktion sperrten sie einen Bauern in einen seiner Transportanhänger und stellten ihn in die pralle Sonne auf ein Feld. Als der Mann befreit wurde, hatte er einen Hitzschlag und wäre fast gestorben. Die Bilder schafften es auch in die überregionalen Medien.«

»Und dann gab es das Feuer im Tierversuchslabor der Universität. Die Tiere waren vorher abtransportiert worden, aber ein Mitarbeiter des Sicherheitsdienstes kam in den Flammen ums Leben.«

Sam schüttelte den Kopf.

»Davon habe ich nichts mitbekommen.«

»Laut meinem Freund bei der Gazette wurde damals kaum darüber berichtet, um niemanden zu Nachahmungstaten anzustiften. Offiziell hieß es, es wäre ein Unfall gewesen. Es gab keine Beweise oder ein Bekennerschreiben, aber anscheinend ging die Aktion wohl auch auf die Kappe der LAR.«

»Und du meinst, dass Sebastian Rathbone daran beteiligt war?«

»Ich weiß es nicht. Aber sein Name taucht in mehreren Artikeln zur LAR auf. In der Anfangsphase war er wohl so eine Art Pressesprecher der Gruppe.«

Sam runzelte die Stirn.

»Aber wie kommst du darauf, dass er etwas mit dem Brand zu tun hatte?«

Mags lächelte.

»Bob hat einen alten Kollegen befragt, der damals an der Sache dran war, und der war sich sicher. Nur Beweise gab es nicht.«

Sie bemerkte Sams skeptischen Blick und konnte es ihm nicht verdenken.

»Aber da ist noch etwas. Der Brand ereignete sich im Juli.«

»Ja, und?«

»Genauer gesagt am 22. Juli.«

Sam sah Mags ungeduldig an.

»Nun sag schon, worauf du hinauswillst.«

»Am 23. Juli kündigte Sebastian Rathbone seinen Job als Nachhilfelehrer, verkaufte das Haus seiner Eltern und zog hierher in eines der kleinen Fischerhäuser. Seitdem hat er die Insel kaum verlassen.«

Er sah sie erstaunt an.

»Woher weißt du das?«

Sie hätte gerne gelogen, wusste aber, dass sie damit vor Sam nicht durchkommen würde. Sie seufzte.

»Nun gut, ich habe Mary angerufen, nachdem ich von der Verbindung zwischen der LAR und Rathbone erfahren habe.«

Sam grinste.

»Und ich dachte schon, ich müsste mich wirklich damit zufriedengeben, der Watson an deiner Seite zu sein.«

Sie musste lachen.

Dann fiel ihr Blick auf ein dünneres Buch, das vor Sam auf dem Tisch lag. Auf dem Einband war eine kleine Bleistiftzeichnung der Insel zu sehen.

Sam war Mags' Blick gefolgt. Er trat hinter sie und legte ihr eine Hand auf die Schulter. Seine Stimme war sanft.

»Das ist die zweite Sache, die ich gefunden habe.«

Mags stiegen Tränen in die Augen. Sie schluckte.

»Das hat meine Mutter gemacht, oder?«

Er nickte und griff vorsichtig nach dem schmalen Buch.

»Ja. Sie durfte zwei Monate hier auf der Insel leben und hat als Gegenleistung einige Zeichnungen und Aquarelle der Gärten und der Insel gefertigt. Ich muss Sir Rupert noch fragen, wo die Bilder sein könnten, hier in der Bibliothek habe ich keine Mappe gefunden.«

Mags wollte gerade fragen, wann ihre Mutter auf der Insel gewesen war, aber sie kannte die Antwort schon.

»Der Sommer, als sie mich und meinen Vater verlassen hat.«

Sam drückte ihre Schulter, und sie lehnte sich vorsichtig an ihn.

»Sie hat uns verlassen und ist dann einfach hierher auf die Insel gefahren, nur wenige Kilometer entfernt? Ich verstehe das nicht. Warum?«

Sam schüttelte den Kopf.

»Das kann ich dir nicht sagen. Das Buch besteht größtenteils aus Zeichnungen, einigen Bemerkungen über das Licht hier auf der Insel, netten Worten über die Menschen hier. Lies es selbst, aber eine Antwort habe ich darin nicht gefunden.«

Mags griff hilflos nach dem Buch, das Sam ihr reichte, und steckte es resolut in ihre Tasche. Er zog eine Augenbraue hoch, und sie schniefte.

»Willst du mich bei Sir Rupert verpetzen?«

Sam musste lachen.

»Nein, aber ich weiß, dass Marc Winters einen Kopierer in seinem Büro hat. Du kannst es dort kopieren und das Original dann wieder hierherbringen, oder?«

Mags verdrehte die Augen, musste dann aber bei einem Blick in sein strenges Gesicht lächeln.

»Okay, Herr Professor.«

29

Mags überlegte, wie oft sie jetzt schon den steilen Weg zur Burg hinauf- oder hinabgestiegen war, und seufzte. Vielleicht wäre eine Instandsetzung des alten Tunnels, von dem Sir Rupert erzählt hatte, ja wirklich nicht die schlechteste Idee. Sam ging neben ihr, ruhig und schweigsam, bis er schließlich die Stille durchbrach.

»Wird die Polizei etwas wegen Rathbone unternehmen?«

Sie nickte.

»Mary und Inspector Johnson wollten heute noch einmal auf die Insel kommen und ihn verhören. Wenn du mit deiner Vermutung über die Identität des Toten recht hast, finden sie vielleicht einen Zusammenhang.«

Sam schüttelte den Kopf.

»Wenn ich mit meiner Vermutung recht habe, werden sie jeden einzelnen erneut befragen müssen, der in diesem Sommer auch auf der Insel war. Ich bin mal gespannt, wie Sir Rupert damit umgehen wird.«

Mags nickte, kehrte aber in Gedanken immer wieder zu dem schmalen Buch zurück, das sie sicher unter ihrer Jacke trug. Am liebsten wäre sie damit so schnell wie möglich in ihrem Zimmer im Pub verschwunden.

Sams Stimme holte sie zurück.

»Ich glaube, da hinten kommt schon das Boot der Küstenwache.«

Mags schaute angestrengt auf das Meer hinaus, als sie von einer Bewegung am Hafen abgelenkt wurde.

»Ist das Rathbone?«

Sie zeigte auf einen Mann unter ihnen.

Sam hatte ihn auch gesehen.

»Er macht das Boot fertig!«

Er wollte loslaufen, doch sie hielt seinen Arm fest.

»Bis wir bei ihm sind, ist er schon weg. Und was würdest du überhaupt machen, willst du ihn einfach festhalten? Bisher steht doch nur fest, dass Johnson und Shifter ihn erneut befragen wollen.«

Trotzdem ging Sam etwas schneller den Berg hinunter, und Mags fluchte leise vor sich hin. Sie würde nicht schon wieder hinter ihm herlaufen.

Unten am Hafen fuhr Rathbone gerade an der Kaimauer vorbei aufs Meer hinaus, als das Boot der Küstenwache in den Hafen einlief. Minuten vergingen, bis es angelegt hatte. Sam rannte jetzt doch und versuchte, Johnson und Shifter, die an der Reling standen, auf Rathbones Boot aufmerksam zu machen.

Der Inspector schüttelte nur den Kopf und trat gerade an Land, als Mags den Anleger erreichte.

Sam stand neben ihm und Mary Shifter und sah nicht glücklich aus.

»Sie wollen ihn nicht verfolgen.«

Sie konnte sehen, wie der Inspector nur mühsam seine Ruhe behielt.

»Dr. Hawthorn. Sie scheinen sehr merkwürdige Vorstellungen von unserer Arbeit zu haben. Zunächst beschuldigen Sie mich mehrmals, gegenüber Timothy, gegen den ein begründeter Verdacht vorliegt, Polizeigewalt ausgeübt zu haben. Und jetzt verlangen Sie von mir, einen Menschen, gegen den wir nichts in der Hand haben außer einigen von der Presse und ihrer neugierigen Freundin ausgegrabenen Gerüchte, mit dem Boot zu verfolgen?«

Mags musste dem Inspector recht geben, auch wenn sie sich über seine Bemerkung mit der neugierigen Freundin ärgerte. Aber die Kunst im Umgang mit Johnson bestand darin, sich nicht provozieren zu lassen.

Sam schien darin nicht sonderlich bewandert zu sein und wollte gerade zu einer Entgegnung ansetzen, als Elsa aus dem Pub auf sie zukam.

»War das eben Sebastian, der mit Sir Ruperts Boot losgefahren ist? Ich hoffe, es ist nicht passiert.«

»Wie kommen Sie darauf, dass etwas passiert sein könnte?«

Der Ton des Inspectors wurde um einiges freundlicher als gewöhnlich.

»Oh, ich hatte ihm Bescheid gesagt, dass im Pub ein Anruf für ihn warte. Er hat ja kein eigenes Telefon im Haus. Er nahm das Gespräch an, wurde dann aber sehr blass und ist hektisch nach Hause gelaufen. Ich wollte gerade zu ihm und mich vergewissern, dass es ihm gutgeht.«

Der Inspector kniff die Augen zusammen.

»Wer hat ihn denn angerufen?«

Elsa legte den Kopf schief.

»Sie werden mir nicht erzählen, worum es geht, oder?«

Als der Inspector nur ungeduldig eine Augenbraue hob, seufzte sie.

»Eine verwaschene Männerstimme, die keinen Namen genannt hat. Er fragte nur, ob ich ihm helfen könne, da er Sebastian erreichen müsse. Sebastian lehnt Mobiltelefone wegen der Strahlung ab und benutzt ab und an mein Telefon.«

»Und nach dem Telefonat ist er zu sich nach Hause gelaufen?«

Mags sah zu dem kleinen Fischerhaus, das nur wenige Meter neben dem Pub am Hafen stand.

Sie merkte, wie Mary Shifter sie ansah, und lächelte der jungen Polizistin zu.

»Er wohnt dort drüben. Das Haus mit den grauen Fensterläden.«

Zusammen gingen die beiden Frauen dorthin, während der Inspector noch einige Sätze mit Sam wechselte, der sich anscheinend wieder beruhigt hatte.

»So wie es aussieht, hat dein kleiner Wissenschaftler es geschafft, die Leiche zu identifizieren.«

»Er ist nicht …«

Mags seufzte und gab es auf.

»Ich habe das Bild in dem Buch gesehen, und ich war mir nicht so sicher.«

Mary nickte.

»Ich mir auch nicht, trotz der Vergrößerung. Aber sowohl unsere Zeichner als auch der Gerichtsmediziner haben ihn identifiziert. Und ein Charles Grey, wohnhaft in London, wurde von seinen Nachbarn seit über einer Woche nicht mehr gesehen. Die Kollegen vor Ort haben nachgefragt. Alles passt.«

Sie kamen bei dem kleinen Haus an, und Mary warf einen Blick durch das Fenster.

»Entweder ist Rathbone ein sehr unordentlicher Mensch, oder jemand hat seine Wohnung durchsucht.«

Mags presste ihre Nase ans Fenster und erkannte ein kleines Wohnzimmer, das aussah, als hätte ein Wirbelsturm in ihm gewütet.

»Aber Elsa sagte doch, sie hätte ihm hier wegen des Anrufes Bescheid gesagt. Das wäre ihr doch aufgefallen.«

Mary dachte nach und nickte dann.

»Anscheinend hat er es selbst durchwühlt, bevor er los ist. Die Frage ist nur, warum?«

»Geht ihr rein?«

Die junge Polizistin drehte sich lächelnd um.

»Hatten wir das nicht schon einmal vor einigen Monaten? Ohne Durchsuchungsbefehl oder eine klare Gefahrensituation dürfen wir nicht so einfach eine Wohnung betreten, schon vergessen? Manchmal könnte ich die ganzen Drehbuchautoren, die ihre Ermittler ständig in private Wohnungen einbrechen lassen, wirklich an den Ohren aufhängen. Wir müssen abwarten, was Johnson meint und ob der Richter bereit ist, uns einen Beschluss auszustellen. Da Rathbone ja anscheinend erst einmal weg ist, besteht auch kein Grund zur Eile.«

Mags sah noch einmal durch die kleine Scheibe in das zerwühlte Zimmer. Auch wenn die Polizei jetzt keinen Grund zu einem schnellen Eingreifen sah, schien Rathbone es mehr als nur eilig gehabt zu haben.

30

Mags atmete auf, legte die letzte Seite auf den Tisch und lehnte sich in dem weichen Sessel zurück. Der Tee auf dem Tisch vor ihr war kalt geworden, und zu ihrem Bedauern musste sie feststellen, dass auf dem Teller daneben kein einziges Gebäckstück mehr übrig geblieben war.

Vorwurfsvoll blickte sie ihr Gegenüber an.

»Du hättest mir ruhig auch noch etwas übrig lassen können. Denk an unseren Deal!«

Sam schüttelte den Kopf.

»Solange wir auf der Insel waren, gehörten das tägliche Eis oder der Kuchen zu deiner Bezahlung. Aber die Sache ist abgeschlossen, und daher denke ich nicht daran, mir auch nur eines von Miss Claras Plätzchen entgehen zu lassen. Deine Vermieterin ist ein Genie – und solange ich in ihrem Gästezimmer wohne, werde ich jeden Krümel ihres Essens verteidigen und genießen.«

Sie saßen in Mags' umgebautem Gartenschuppen. Licht fiel durch die alten Fenster auf den Steinboden und die warme Eichenholzplatte des Tisches.

Die Ereignisse auf der Insel schienen weit entfernt. Die Polizei hatte Rathbone schließlich doch noch zur Fahndung ausgeschrieben. In seinem Haus hatten die Ermittler einen Kerzenständer aus der Kapelle gefunden, auf dem die Forensiker Blutspuren hatten nachweisen können. Mary Shifter und Johnson gingen davon aus, dass Rathbone die Drogen platziert hatte, um den Verdacht auf Timothy zu lenken und die Ermittlungen zu stören.

Wie er genau zu dem Toten in der Kapelle gestanden hatte, wusste noch niemand. Mary hatte ihr erzählt, dass die Polizei nur wenig über Charles Grey herausgefunden hatte. Er war vor zwanzig Jahren im Rahmen eines sozialen Projektes für wenige Wochen als Gartenhelfer auf der Insel gewesen. Es gab einige Festnahmen im Zusammenhang mit Drogen. Die letzte bekannte Adresse war in London. Eine Verbindung zu Rathbone oder zu den radikalen Tierschützern ließ sich nicht finden. Trotzdem ging die Polizei davon aus, dass die beiden Männer sich gekannt hatten und es in der Kapelle zu einem Streit gekommen war. Rathbone hatte den Mann erschlagen, ihn notdürftig unter der Plane versteckt, um ihn später mit der Flut ins offene Meer treiben zu lassen. Wären ihm Timothy und dann auch sie und Sam nicht in die Quere gekommen, hätte niemand von dem Mord erfahren. Der blutige Kerzenständer und die überstürzte Flucht waren für Inspector Johnson und Mary Shifter ausreichende Beweise für Rathbones Schuld.

Mags seufzte. Wenn man es im Nachhinein betrachtete, erschien alles einfach. Eine Aneinanderreihung von Fakten.

Die Inselbewohner waren erschrocken, dass einer von ihnen gemordet hatte. Aber Mags hatte förmlich sehen können, wie ihnen ein Stein vom Herzen gefallen war. Sebastian Rathbone hatte sich kaum Freunde gemacht. Nur Julia war hin- und hergerissen zwischen ihrer Freude darüber, dass Timothy entlastet war, und der Verbundenheit zu dem streitbaren Naturschützer.

Auch Sam war erleichtert, und Mags hatte spüren können, wie ihm ein Stein vom Herzen gefallen war.

Sie hatten ihre Taschen gepackt und die Insel verlassen, da sie genug Material für die Festschrift gesammelt hatten. Sam war nach Oxford zurückgekehrt, und Mags hatte sich wieder an ihre Arbeit gemacht. Sie hatte sich viel Mühe gegeben mit ihrem Text über St. Michael's Gärten und sich darüber gefreut, dass Sam ihn mit nur wenigen Änderungen und einigen Kürzungen übernommen hatte.

Die Blätter, die nun vor ihr auf dem Tisch lagen, waren der Abzug des Manuskriptes. Sam war extra aus Oxford angereist, um ihr das Ergebnis zu zeigen. In wenigen Wochen sollte die Festschrift pünktlich zum Jubiläum aus dem Druck kommen.

Sie sah, wie er in seinem Stuhl nach vorne rutschte und sie neugierig ansah.

»Nun sag schon!«

Mags verkniff sich ein Grinsen.

»Sag was? Du hast alle Plätzchen gegessen!«

Sam verdrehte die Augen.

»Nein, sag, wie dir das Ganze gefällt.«

Sie überlegte, ob sie ihn noch ein bisschen mehr aufziehen sollte, entschied sich dann aber dagegen.

»Es ist verdammt gut geworden.«

Seine Augen leuchteten.

»Findest du? Ich habe mich sehr bemüht, die, wie du so schön formuliert hast, langweiligen Fakten in gute Geschichten zu verpacken.«

»Das ist dir wirklich gut gelungen. Du hast auch die Geschichte über das Altargemälde mit hineingenommen, das angeblich die Fischerfrau zeigt.«

Sam grinste immer noch.

»Ich fand es passend. Und Sir Rupert wird schon nichts dagegen haben. Außerdem habe ich dann in einer der Chroniken noch einen Hinweis gefunden, der möglicherweise ...«

Sie beugte sich in ihrem Sessel nach vorn und legte ihm eine Hand auf die Wange.

»Das finde ich wirklich ...«

Ein Klopfen am Fenster ließ sie zurückschrecken.

»Jim!«

Mags sprang auf und öffnete die Tür.

»Ich hoffe, ich störe nicht?«

»Du störst nie! Das ist Sam Hawthorn.«

Er stand auf, und die beiden Männer reichten einander die Hand. Sie waren in etwa gleich groß, und auch wenn Jims bärige Gestalt sich von Sams schlaksiger Figur deutlich unterschied, hatte Mags das Gefühl, dass sie sich ähnlich waren.

Jim setzte sich, und sie goss ihm Tee ein und holte aus einer gut hinter Büchern versteckten Dose noch einige Kekse hervor. Dabei überlegte sie, was es war, was die beiden verband. Es gab keine äußerlichen Ähnlichkeiten, zwischen ihnen lagen sicherlich an die dreißig Jahre Altersunterschied. Auch wenn Sam entspannt war, strahlte alles an ihm doch einen Hauch von Oxford aus. Jim dagegen trug dicke bunte Socken, offene Sandalen und ein T-Shirt, auf dem ein buntes Peacezeichen aufgedruckt war. Sie runzelte die Stirn und lauschte mit halbem Ohr dem Gespräch der beiden Männer. Als zuerst Sam ihr einen lächelnden Blick zuwarf und kurz darauf Jim ihr wie beiläufig über die Hand strich, wurde es ihr klar. Sie war es, die die beiden verband. Sie empfand tiefe Zuneigung für beide Männer, und beiden würde sie, ohne zu zögern, ihr Leben anvertrauen.

Sie schluckte und war auf merkwürdige Art und Weise gerührt. Doch bevor sie ihren Gefühlen weiter nachgehen konnte, holte Jims Stimme sie wieder zurück.

»Ich muss mit euch über Sebastian Rathbone sprechen.«

Mags wechselte einen schnellen Blick mit Sam. Die Polizei hatte Rathbone noch nicht gefunden. Mary Shifter hatte ihr bei einem gemeinsamen Frühstück erzählt, dass Inspector Johnson nicht sehr erfreut darüber war, dass ihnen der Täter entwischt war. Die Presse hatte Lunte gerochen und einige hämische Artikel über das Versagen der örtlichen Behörden geschrieben.

Jim hatte sich auf einen von Mags' schweren Eichenstühlen gesetzt und sprach mit leiser Stimme weiter. Sie hatte ihn noch nie so ernst erlebt.

»Stimmt es, dass die Polizei die Tatwaffe im Haus von Sebastian Rathbone gefunden hat?«

Mags nickte und holte tief Luft. Sie konnte Jim nicht anlügen.

»Als wir uns das letzte Mal getroffen haben, hast du eine Bemerkung über Sebastian Rathbone fallen lassen.

Etwas darüber, dass er früher nicht nur mit Worten ge-kämpft hätte. Daher habe ich nachgeforscht.«

Jim schloss die Augen.

»Das habe ich befürchtet. Du bist auf die LAR ge-stoßen, richtig?«

Sie zuckte mit den Schultern.

»Das war leicht. Und dann auf die Geschichte mit dem Brand im Tierversuchslabor, und dass Rathbone nur zwei Tage später hier alles verkauft hat und auf die Insel gezogen ist. Das war doch kein Zufall, oder?«

Jim öffnete die Augen und sah sie mit festem Blick an.

»Er war es nicht.«

Seine Augen suchten die von Sam.

»Ich weiß, wie das klingt, und ich kann euch auch nicht mehr dazu sagen. Aber Mags, du kennst mich. Ich würde mich nicht einmischen, wenn es nicht wichtig wäre. Sebastian war es nicht. Jemand anderes hat den Mann getötet.«

»Wieso glaubst du das? Immerhin war er doch an dem Brand in dem Labor beteiligt, oder? Ein Wachmann starb in den Flammen, Rathbone ist also kein friedfer-tiger Mensch.«

Jim schloss die Augen wieder und holte dann tief Luft.

»Kannst du dir nicht vorstellen, dass jemand, der an einer Aktion beteiligt war, die nie dazu gedacht war, je-manden zu verletzten, mit einer schwer auf ihm lasten-den Schuld herumläuft, und dass gerade dieser Mensch deswegen nicht in der Lage wäre, jemandem etwas zu tun? Dass so etwas ein Leben verändert, einen Men-schen?«

Jims Stimme war zu einem Flüstern geworden, und Mags sah den Schmerz in seinen Augen.

»Ich kenne Sebastian, und ich sage euch, er war es nicht.«

Sam sah ihn skeptisch an.

»Er ist geflohen. Und die Tatwaffe hat man in seinem Haus gefunden.«

»Jemand hat sie dort versteckt.«

Jim sah zu Mags herüber.

»Frag mich bitte nicht, woher ich das weiß. Aber Sebastian hat, kurz bevor er die Insel verlassen hat, einen Anruf bekommen. Der Anrufer sagte ihm, dass die Waffe und ausreichend Beweise in seinem Haus seien und dass die Polizei bald bei ihm eintreffen würde, und er riet ihm, schnell das Weite zu suchen. Jemand hat ihn hereingelegt.«

Sam wollte etwas sagen, doch Mags bedeutete ihm, still zu sein.

»Hat er deswegen seine Wohnung durchsucht und ein riesiges Chaos hinterlassen?«

Jim nickte.

»Er dachte, er könnte die Waffe finden, bevor die Polizei da wäre. Aber er fand sie nicht und beschloss daher, lieber abzuhauen. Sebastian war sich sicher, dass ihm die Polizei bei seiner Vorgeschichte nicht glauben würde.«

Jim griff nach Mags' Händen.

»Ich bitte dich wirklich mit schwerem Herzen um diesen Gefallen, aber kannst du zusammen mit deiner Freundin bei der Polizei etwas für ihn tun? Sie müssen weiter nach dem wahren Täter suchen.«

Er sah von Mags zu Sam und wieder zurück.

»Sebastian war es nicht. Jemand hat ihm das an-
gehängt. Der Mörder ist noch auf der Insel.«

31

Nachdem Jim gegangen war, räumte Mags den Tisch ab und begann schweigend, die Teller und Tassen abzuwaschen. Sie musste nachdenken, und das konnte sie am besten, wenn ihre Hände beschäftigt waren.

Sam trat neben sie und legte ihr eine Hand auf die Schulter.

»Offenbar gibt immer irgendjemanden, der an die Unschuld unserer Verdächtigen glaubt. Würde es danach gehen, säße sicherlich niemand mehr im Gefängnis.«

Sie sah ihn ungläubig an, und heiße Wut stieg in ihr auf.

»Jim ist ganz bestimmt nicht irgendjemand.«

Sie ballte die nassen Fäuste und drehte sich zu Sam um.

»Und du misst hier doch mit zweierlei Maß. Als Timothy verdächtigt wurde, hast du selbst doch alles daran gesetzt, ihn zu entlasten. Und ich habe dir geholfen, weil du an seine Unschuld geglaubt hast. Und für Sebastian soll das jetzt nicht gelten? Das ist unfair – und ganz schön arrogant.«

Eine kleine Falte bildete sich zwischen Sams Augenbrauen.

»Mein Gott, Mags! Sie haben doch die Tatwaffe in seinem Zimmer gefunden.«

Sie holte tief Luft.

»Und auf dem Beutel mit den Drogen waren Timothys Fingerabdrücke. Außerdem ist er aus der Kapelle gerannt.«

Sie drehte sich wieder zum Spülbecken um und griff nach einer Tasse.

»Merkst du nicht, dass wir genau dieses Gespräch mit vertauschten Rollen schon einmal geführt haben?«

Sam seufzte und nickte.

»Du hast ja recht. Mir kommt das alles einfach so absurd vor.«

Er setzte sich auf einen von Mags' alten Küchenstühlen und rieb sich mit der Hand über die Augen.

»Aber was sollen wir deiner Meinung nach tun?«

Mags lächelte und wusste, dass sie ihn ins Boot geholt hatte.

»Wenn es nicht Sebastian oder Timothy war, dann muss der Täter noch auf der Insel sein, richtig?«

Sam sah zu ihr auf.

»Glaubst du das wirklich?«

»Ich muss es glauben. Jim zuliebe, okay?«

Er nickte.

»Wenn es jemand anderes war, dann wiegt er sich jetzt in Sicherheit, oder? Alle sind überzeugt, dass Sebastian der Mörder ist. Also hätte der wahre Täter keinen Grund, die Insel zu verlassen.«

»Auch da stimme ich dir zu, obwohl ich keine Ahnung habe, wer es gewesen sein sollte. Und wie wir das herausfinden sollen. Wir haben doch schon jeden Stein zweimal umgedreht.«

Mags schüttelte den Kopf, trocknete sich die Hände

an einem Geschirrtuch ab und ging vor Sam auf und ab.

»Das letzte Mal sind wir nach deinem Plan vorgegangen und haben nach Informationen gewühlt. Jetzt werden wir es mal anders angehen.«

Er runzelte die Stirn.

»Was willst du machen? Tarot-Karten legen?«

Sie musste sich zusammenreißen, um nicht wieder wütend zu werden.

»Wir werden nicht den Täter suchen, sondern dafür sorgen, dass *er* etwas sucht.«

Sam begriff sofort.

»Eine Falle?«

»So etwas in der Art.«

Er zog die Augenbrauen zusammen und lächelte dann.

»Das könnte funktionieren. Wir könnten …«

Seine Überlegungen wurden unterbrochen, da Mags ihm ein Geschirrtuch zuwarf.

»Du könntest abtrocknen. Und währenddessen erzähle ich dir von meiner Idee.«

32

Die Insel mit der Burg und dem Hafen erhob sich vor den dunkel am Horizont aufziehenden Wolken wie eine Festung. Nichts erinnerte mehr an den hellen, fast südländischen Charme, den das kleine Eiland in den letzten Wochen im Sonnenlicht gehabt hatte. Nun war es gewappnet für den Herbst und den Winter, verschanzt hinter Felsen und hohen Mauern.

Für Mags war es merkwürdig, wieder zurückzukommen. Bei ihrer Ankunft hatte die Ebbe den Damm und den umliegenden Meeresboden freigegeben, und sie war mit Sam vorsichtig über die noch nassen Steine gegangen. Elsa hatte sie im Pub willkommen geheißen, sie hatten zu Abend gegessen und waren dann mit Einsetzen der Dämmerung gähnend ins Bett gegangen. Der Tag sei lang gewesen, erklärten sie, die Arbeit am nächsten Tag in der Bibliothek wichtig.

»Ist die Luft rein?« Mags flüsterte aufgeregt. Sie versuchte, von der Hintertreppe des Pubs aus an Sam vorbeizusehen.

»Ja, aber wir sollten uns sputen.«

Sie musste trotz ihrer Anspannung über Sams Wortwahl lächeln.

»Los!«

Eilig hasteten sie so leise wie möglich über den leeren Platz und bogen in den Weg zur Kapelle ein.

»Und wenn er uns sieht?«

Sam zuckte neben ihr mit den Schultern und lief im schwachen Dämmerlicht weiter. Mags schauderte leicht. Falls die Wolken sich weiter zusammenzögen und dem Mond keine Chance ließen, würde es bald stockdunkel sein.

»Wenn überhaupt jemand auf unsere schöne Geschichte reingefallen ist, dann wird er oder sie sicherlich abwarten, bis auf der ganzen Insel die Lichter aus sind. Warum riskieren, dass man gesehen wird?«

Mags hoffte, dass er recht hatte. Den ganzen Tag hatten sie daran gearbeitet, dass auf der Insel so viele Menschen wie möglich davon ausgingen, dass die Polizei am nächsten Morgen erneut ein Team der Spurensicherung in die Kapelle schicken würde. Ob in der Burg, bei den Gärtnern, im Pub – überall hatten sie das Gespräch auf die angeblichen neuen Erkenntnisse und die bevorstehende Untersuchung des Tatortes gelenkt.

»Wir hätten warten sollen, bis Mary wieder da ist. Ich habe immer noch meine Zweifel, ob das Ganze so eine gute Idee ist.«

Mags schüttelte den Kopf.

»Mary wird noch einige Tage in St. Ives verbringen, um den Fall abzuschließen, an dem sie gerade arbeitet. Offiziell gibt es für sie oder den Inspector keinen Grund, auf die Insel zurückzukommen. Aber wir machen das schon.«

Sie meinte, Sam neben sich eine Augenbraue hochziehen zu sehen.

»Es ist ein guter Plan. Hast du das Nachtsichtgerät?«

»Im Rucksack.«

Das Nachtsichtgerät hatte Mags sich von Mr Kelvin geborgt.

»Warum hat er überhaupt so ein Ding?«

Sie zuckte mit den Schultern.

»Er ist Jäger. Miss Clara meinte, Jäger hätten so etwas heutzutage.«

Sie folgten dem schmalen Weg in Richtung Gärten und bogen dann zur Kapelle ab.

»Vom Hang aus haben wir die beste Übersicht.«

Mags gluckste.

»Solange du nicht wieder herunterrollst.«

Sie überlegte noch kurz, etwas über Schlangen bei Nacht anzufügen, aber wahrscheinlich hätte Sam dann Panik und würde sich nicht mehr ins Gras setzen.

»Sehr lustig. Aber ich denke, diesmal schaffe ich es, ohne mich zu blamieren.«

Oben angekommen, zog Sam eine Decke, eine Thermoskanne mit Tee und das Nachtsichtgerät aus seinem Rucksack. Vorsichtig setzten sie sich unter eine der windgebeugten flachen Pappeln.

»Kann man uns hier nicht sehen?«

Mags schüttelte den Kopf.

»Nicht, wenn wir uns hinlegen. Es wird gleich so dunkel sein, dass man schon sehr genau hinschauen müsste, um unsere Umrisse zu erkennen.«

»Glaubst du wirklich, jemand wird kommen?«

Der Mond schob sich gerade durch eine Lücke in der immer dichter werdenden Wolkendecke und warf silbernes Licht über die Kapelle. Mags schauderte, die kalte Luft kroch durch ihre dicke Jacke. Sie war froh, an warme Kleidung gedacht zu haben.

»Ich weiß es nicht. Aber ich bin es Jim schuldig, es zu versuchen.«

Der Mond wurde erneut von einer Wolke verdeckt.

»Dir ist kalt.«

Sams Stimme drang leise an ihr Ohr, und sie spürte, wie er sacht mit seinen Fingerspitzen über ihre Wange strich.

»Du hast doch noch viel weniger an als ich!«

Irgendwie schaffte sie es immer wieder, in jedem von Sams Worten erst einmal einen Angriff zu verstehen.

»Daher ist mir ja auch noch kälter als dir.«

Sie hörte das für Sam typische Glucksen in seiner Stimme.

»Ich versuche nur, möglichst männlich zu sein und es zu ignorieren.«

Sie musste lächeln.

»Und, klappt es?«

»Nein. Sonst hätte ich dir ja längst meine Jacke über die Schulter gelegt, wie es die Jungs in den Filmen immer bei ihren Mädchen machen. Aber ich befürchte, ich würde mich dann ernsthaft verkühlen.«

Mags entwischte ein Kichern.

»Außerdem war ich mir nicht sicher, ob du es überhaupt zulassen würdest oder sofort deine Stacheln aufgestellt hättest.«

Sie wollte gerade zu einer Antwort ansetzen, aber Sam nahm ihr den Wind aus den Segeln.

»Und auch, wenn ich deine Stacheln sehr schätze, habe ich es gerade genossen, einfach nur so hier neben dir zu liegen, ohne mit dir zu streiten.«

Sie schwieg und sah weiter auf die schwach zu erkennende Kapelle. Auf dem Dachfirst des hellen Steinbaues sah sie die Umrisse zweier Vögel. Vielleicht waren es Krähen. Oder es handelte sich möglicherweise sogar um das Paar der cornischen Dohlen, das Rathbone und Julia so sehr verteidigten.

Sie drehte sich zu Sam und stieß ihn leicht an.

»Auf dem Dach. Sind das Dohlen?«

Er hob die Kamera an die Augen.

»Ja, aber die Schnäbel sind schwarz.«

Er rutschte näher an sie heran und hielt ihr die Kamera vor das Gesicht.

»Schau mal, ich glaube, wenn das Licht so bleibt wie jetzt, dann können wir auf die Entfernung sogar ein Gesicht erkennen.«

Mags war fasziniert von dem, was sie durch das Nachtsichtgerät sah. Alles wirkte, als würde es von innen heraus leuchten. Die Bäume, die Wiese, die kleine Kapelle. Es hatte etwas Magisches, die Welt so zu sehen.

Sie ließ das Gerät sinken und merkte, dass Sam noch näher herangerutscht war und sie eindringlich ansah.

»Hier kann niemand reinkommen, oder?«

»Was?«

Mags wurde trotz des immer stärker werdenden Windes warm. Sams Stimme war leise und ruhig.

»Ich meine, hier kann jetzt niemand stören, reinplatzen, anklopfen oder mich sonstwie davon abhalten, dich zu küssen?«

Sie hörte die Frage in seiner Stimme und schloss die Augen. Es war wirklich albern, jetzt wie ein Teenager weiche Knie zu bekommen. Sie spürte seinen Atem auf ihrem Gesicht und nahm den für Sam typischen Duft von Rasierwasser und Butterstreuseln wahr, der sie warm einhüllte. Irgendwann würde sie ihn fragen, warum er gerade nach Butterstreuseln roch. Sicherlich …

Mags schreckte auf, als sie ein leises Knarren hörte. Die Tür zur Kapelle!

33

»Hast du das gehört?«

Mit beiden Händen schob sie Sam von sich und griff hektisch nach dem Nachtsichtgerät. Doch egal, wie oft sie auf den Knopf drückte, alles blieb dunkel.

»Es funktioniert nicht!«

Sam nahm ihr das Gerät aus den Händen. Das dauerte alles viel zu lange! Ohne weiter abzuwarten, richtete Mags sich auf und rutschte den Hang hinab. Hinter sich hörte sie Sams leises Fluchen. Als sie leise näher kam, war sie sicher: Jemand war in der Kapelle! Sie hatte richtig gehört, die schwere Holztür stand einen Spaltbreit offen, und sie konnte das Licht einer Taschenlampe sehen.

Leise ging sie auf die Tür zu, als sie mit einem heftigen Ruck zurückgerissen wurde und dabei fast das Gleichgewicht verlor.

»Bist du wahnsinnig!«

Sams wütende Stimme dicht an ihrem Ohr.

»Da drin ist ein Mörder, und du willst da reinmarschieren?«

Er hatte sie mit schnellen Bewegungen ein ganzes Stück von der Kapelle zurückgerissen. Sein Atem ging schwer.

»Aber wir müssen doch …«

Er zog sie noch etwas weiter zurück.

»Wir waren uns einig, dass wir nur beobachten, wer in die Kapelle geht und das dann an Mary und Inspector Johnson weitergeben!«

Seine Stimme war immer noch ein wütendes Zischen, aber jetzt konnte Mags auch seine Angst um sie spüren.

Sie wäre wirklich in die Kapelle gegangen, ohne nachzudenken. Vielleicht wäre sie auf einen Menschen gestoßen, der schon einmal gemordet hatte, der vielleicht bewaffnet war. Ihre Hände fingen an zu zittern.

»Es tut mir leid. Ich habe nicht nachgedacht.«

Sam sah zur Kapelle.

»Verdammt!«

Das schwache Licht der Taschenlampe, das sie eben noch in der Kapelle gesehen hatten, war ausgegangen.

»Was jetzt?«

Mags zitterte. Als sie noch auf der Decke gesessen hatten, war ihr das alles fast wie ein Spiel vorgekommen, aber es war ernst.

»Wir müssen …«

Doch Mags blieben die Worte im Hals stecken, als die Tür der Kapelle aufschwang und jemand geduckt auf sie zurannte.

Bevor sie reagieren konnte, hatte Sam sie schon zur Seite geschubst und sich vor ihr breit in den Weg gestellt. Sie fiel in das feuchte Gras.

Der geduckte Schatten wich weder aus noch wurde er langsamer.

»Sam!«

Mags richtete sich auf, aber sie war zu langsam. Ohne etwas tun zu können, musste sie zusehen, wie die Gestalt gegen Sam prallte, ihn zur Seite schleuderte und er mit einem lauten Schrei zu Boden fiel.

»Sam!«

34

Durch die Fenster konnte Mags in der Morgendämmerung die Kaimauer des Hafens erkennen. Hohe Wellen
schlugen gegen die jahrhundertealten Steine und warfen
ihre Gischt bis vor die Türen der kleinen Häuser. Der
Wind rüttelte an den Fenstern und Dachziegeln. Die
Fischer hatten ihre Boote schon am Vorabend aus dem
Becken auf den Platz gezogen, wo sie auf der Seite lagen
und ihre Bäuche gegen den Wind stemmten.

Dunkle Wolken jagten über den Himmel, und die
Bäume am Hang zur Burg bogen sich unter den Sturm-
böen.

Mags hatte gehofft, dass der Sturm am Morgen ab-
klingen würde, aber er schien eher noch an Stärke zu
gewinnen. Ein leises Stöhnen ließ sie sich umdrehen. Sie
warf einen besorgten Blick auf die schlafende Gestalt im
Bett. Elsa hatte Sam ein starkes Schmerzmittel gegeben,
routiniert die Kratzer in seinem Gesicht gesäubert und
seine Schulter mit einem Tuch fixiert.

Mags erinnerte sich mit Schaudern an den kurzen Moment, als Sam nicht auf ihre panischen Rufe geantwortet
hatte. Es war alles so schnell gegangen. Doch schließlich
hatte er sich mühsam aufgerappelt. Das Gesicht war zer-
kratzt vom Sturz, den Arm hatte er in einer merkwürdigen Position angewinkelt, er war leichenblass, und trotz
der Kälte stand ihm der Schweiß auf der Stirn.

Der Weg zum Pub zurück war lang gewesen. Sie hatte Sam gestützt und nur gehofft, dass er ihr nicht ohnmächtig wurde. Bei jeder Bewegung hatte sie seine Schmerzen deutlich mitgefühlt. Als es nicht mehr ging, hatte sie Sam auf eine der Bänke am Weg gesetzt und war losgelaufen, um Hilfe zu holen.

Adam hatte Sam schließlich mehr getragen als gestützt und ihn zum Pub in Elsas sichere Hände gebracht.

Ein Klopfen an der Tür ließ sie aufschrecken.

»Guten Morgen. Ich wollte nach dem Patienten sehen.«

Mags lächelte, als sie Elsas resolute Stimme hörte, und öffnete die Tür.

»Er schläft.«

»Tut er nicht mehr.«

Sams heisere Stimme klang durch den Raum.

»Und es geht mir besser.«

Elsa trat ans Bett und sah ihn nur ruhig an.

»Du hast eine ausgekugelte Schulter, einige Prellungen und vielleicht eine Gehirnerschütterung. Es geht dir nicht gut.«

Er fluchte, als er sich aufzurichten versuchte.

Mags beobachtete ihn besorgt.

»Der Sturm hat noch nicht nachgelassen, oder?«

Elsa schüttelte den Kopf.

»Nein. Und die Telefone sind seit einer Stunde auch tot.«

»Und das Mobilnetz?«

Sie schüttelte den Kopf.

»Keine Chance. Timothy war vorhin da und murmelte etwas von Rechenzentrum und Stromausfall auf dem Festland. Ich muss leider noch mal nach deiner Schulter sehen.«

Sam schüttelte den Kopf.

»Es ist okay.«

»Entweder lässt du mich freiwillig gucken, oder ich hole Adam, der dich festhält. Ich muss sehen, ob vielleicht doch Gefäße verletzt sind. Das ist kein Scherz. Wir können dich gerade nicht so einfach von der Insel ans Festland und zu einem Arzt bringen, also habe ich die Verantwortung für dich.«

Sam ließ widerwillig die Decke sinken. Dann stöhnte er vor Schmerz, als Elsas Finger seine Schulter vorsichtig abtasteten. Mags sah die Konzentration in ihren Augen.

»Woher kannst du das?«

Elsa lachte.

»Oh, in einem früheren Leben war ich Krankenschwester. Aber das ist eine Ewigkeit her. Außerdem sind Irene und ich die Ersthelfer der Insel.«

Sie wies auf die orangene Tasche, die sie mit ins Zimmer gebracht hatte.

»Und unter den besonderen Bedingungen auf der Insel haben wir hier für den Notfall eine etwas umfassendere Ausrüstung als anderswo.«

Elsa strich ein letztes Mal über Sams Arm und schob die Decke trotz seinem gemurmelten Protest weiter nach unten.

»Das ist wirklich etwas, womit ich wenig Erfahrung habe. Als ich gestern Abend mit dem Notarzt telefoniert habe, hat er von einem Transport abgeraten, solange der Sturm so tobt. Bedingung war, dass es nicht zu einer größeren Schwellung oder Verfärbungen kommt. Er hat Sorge, dass doch ein Blutgefäß verletzt ist.«

Ihre Finger tasteten vorsichtig über Sams Bauch.

»Hast du hier Schmerzen?«

Sam schüttelte den Kopf.

»Ich kann auch keine Verhärtung spüren. Fieber?«

»Mir geht es gut.«

Elsa ließ sich nicht beirren.

»Übelkeit, Schwindel?«

»Nein!«

Sie seufzte.

»Gut. Ich glaube dir. Die Küstenwache hätte einen Hubschrauber schicken können, aber auch das ist bei einem solchen Wetter ein großes Risiko. Ich soll dir die Schmerzmittel geben, der Arm muss ruhig gehalten werden. Sobald sich irgendetwas verändert, meldest du dich.«

Sam verdrehte die Augen und nickte, doch Elsa griff nach seiner Hand.

»Spiel hier nicht den starken Mann, okay? Wenn du mir auch nur das kleinste Piksen verschweigst, dann …«

Mags trat näher an das Bett.

»Ich passe auf ihn auf und sage dir Bescheid.«

Elsa nickte.

»Julia bringt euch gleich das Frühstück herauf.«

Sie ging zur Tür und drehte sich dann nochmals neugierig um.

»Was hattet ihr beiden eigentlich in aller Herrgottsnamen bei diesem Wetter und mitten in der Nacht da draußen zu suchen?«

Mags sah hilfesuchend Sam an, der leicht den Kopf schüttelte und Elsa mit einem etwas gequälten Lächeln antwortete.

»Ich wollte Mags die Insel bei Nacht zeigen.«

Elsa schaute ungläubig und schüttelte den Kopf.

»Also Mags, wenn das ernsthaft seine Vorstellung von Romantik ist, dann würde ich mir das Ganze an deiner Stelle überlegen. Männer ...«

Sie lachte leise und schloss die Tür hinter sich.

»Warum hast du ihr nicht gesagt, was wir vorhatten?«

Sam schüttelte nur den Kopf.

»Was, wenn sie es war?«

Mags schnaubte.

»Du meinst, Elsa könnte die Mörderin sein und dich umgeworfen haben?«

Er sah sie einfach an.

»Das ist doch lächerlich!«

»Weil sie eine Frau ist?«

Mags spürte, wie sie rot wurde.

»Natürlich weiß ich, dass auch Frauen jemanden töten können. Aber ... so?«

»Glaubst du, nur Männer können grausam oder gewalttätig werden?«

Sie schluckte. Der Gedanke an das entstellte Gesicht des Toten ließ bei den folgenden Worten ihre Stimme brechen.

»Du hast recht. Jeder könnte so etwas tun, wenn er nur ausreichend wütend ist.«

Wut erschien ihr als Motiv zu schwach, um das auszulösen, was sie am Tatort gesehen hatte. Sie drehte sich wieder zum Fenster und sah auf die stürmische See. Was musste ein Mensch fühlen, um so zuzuschlagen?

Sams leise Stimme drang an ihr Ohr.

»Oder wenn man ausreichend Angst hat? Oder jemanden beschützen will, den man liebt?«

Mags dachte darüber nach.

»Elsa würde, um Julia oder Adam zu beschützen, sehr weit gehen, oder?«

»Das weiß ich nicht. Aber es wäre möglich. Wir sollten vorerst niemandem trauen.«

»Tut es sehr weh?«

»Nein.«

Sie sah ihn streng an.

»Na ja, doch. Aber es ist gut, dass du da bist.«

Sie verschränkte ihre Hand mit der von Sam und lächelte.

»Wir sind gestern schon wieder gestört worden, oder?«

Er sah sie mit hochgezogener Augenbraue an.

»Und?«

Mags beugte sich vor und strich ihm die Haare aus dem Gesicht.

Sam zu küssen, ihn zu berühren, war ein Bedürfnis, das tiefer ging als alles, was sie bisher kannte.

Sie schloss die Augen und …

35

»Nein! Stell das Tablett vor die Tür, ja?«

Sams Stimme hallte scharf durch den Raum.

Mags zuckte erschrocken zurück, dann hörte auch sie das leise Klopfen an der Tür. Sam konnte seinen Ärger nur schwer unterdrücken.

Es klopfte erneut, diesmal lauter.

»Was, verdammt noch mal ...«

»Sam! Das ist bestimmt Julia«, unterbrach Mags ihn, stand auf und ging lachend zur Tür.

Doch davor stand nicht Julia, sondern ein tropfnasser und verlegen lächelnder Timothy.

»Ich hoffe, ich störe nicht.«

Mags ignorierte das Fluchen, das Sam hinter ihr gedämpft von sich gab, und schüttelte den Kopf.

»Nein, komm herein.«

Sie musste ein Lachen unterdrücken, als aus Sams Richtung ein weiterer gemurmelter Fluch erklang. Timothy nahm seine beschlagene Brille von der Nase, sah sich verwirrt im Zimmer um und warf unsichere Blicke auf Sam.

»Ignoriere ihn einfach. Was bringt dich bei diesem Wetter hierher? Ist auf der Burg alles in Ordnung?«

Timothy nickte und setzte seine Brille wieder auf. Mags war immer erstaunt, wie jung und zerbrechlich Sams Schüler wirken konnte. War sie mit neunzehn auch so gewesen? Sie zog einen dritten Stuhl an Sams Bett und bedeutete dem jungen Mann, sich zu setzen.

»Er war es nicht!«

Mags verzog das Gesicht.

»Irgendwie habe ich mir schon gedacht, dass wir diesen Satz noch einmal hören werden.«

Als Timothy eine verwirrte Miene machte, winkte sie mit der Hand ab.

»Du glaubst also, dass es nicht Sebastian war?«

Timothy nickte.

»Hast du irgendwelche Beweise?«

»Nein, aber wer auch immer den Mann in der Kapelle erschlagen hat, hat auch der Polizei die Tüte mit meinen Fingerabdrücken untergejubelt. Das ist doch logisch, oder?«

Er blickte hilfesuchend zu Sam, dessen Gesicht aber verschlossen blieb.

»Daher habe ich mich gefragt, wer etwas gegen mich hat. Es war ja kein Zufall, dass meine Abdrücke auf der Tüte mit den Drogen waren. Warum sollte Sebastian so etwas tun? Ich habe ihm nichts getan, ich hatte den Eindruck, dass er mich mag. Ich war zwar nicht immer seiner Meinung, was die Insel und den Naturschutz anging, aber er wusste, dass ich einen sanfteren Weg gehen würde als mein Vater, sollte ich einmal die Verantwortung übernehmen. Die Insel ist kein Disneyland!«

Mags sah ihn erstaunt an, da in seiner Stimme zum ersten Mal so etwas wie Autorität durchklang. Sam schüttelte nur leise den Kopf und verzog sofort das Gesicht vor Schmerzen.

»Ich glaube nicht, dass Sebastian der Täter ist. Und ihr auch nicht, oder?«

Timothy sah sie eindringlich an. »Warum wart ihr nachts bei der Kapelle? Ich wette, ihr habt auch eure Zweifel gehabt. Meine Mutter hat mir erzählt, dass die Polizei heute kommen wollte, um noch mal nach Spuren zu suchen. Also stimmt da doch irgendetwas nicht.«

Mags wandte den Blick ab.

»Wir haben das Gerücht verbreitet, dass die Polizei in der Kapelle noch einmal nach Spuren suchen würde.«

Der junge Mann schien die Information zu verarbeiten. Dann holte er tief Luft.

»Eine Falle?«

Er war schnell, dachte Mags bei sich und sah aus den Augenwinkeln so etwas wie Stolz über Sams Gesicht huschen.

»Und irgendjemand ist darauf angesprungen. Was ist denn genau passiert?«

Timothy sah Sam an, der zögerte und dann alles erzählte.

»Jemand war dort und …« Er unterbrach sich und warf Mags einen Blick zu. Sie wurde rot.

»Wir versuchten, ihn zu erwischen, und dabei wurde ich verletzt.«

Timothy sprang auf und schritt aufgeregt durchs Zimmer.

»Wem habt ihr das mit der Polizei erzählt? War Marc Winters dabei?«

»Warum fragst du nach Winters? Du glaubst, er war es?«

Mags spürte, wie Timothy mit sich rang.

»Ich weiß es nicht, aber im Moment glaube ich das. Die letzten Tage im Gefängnis habe ich mich gefragt, wer davon profitieren würde, wenn ich eingesperrt würde. Und Winters war meine einzige Antwort.«

Sam setzte sich auf.

»Warum wäre das für Marc gut?«

Timothy seufzte.

»Ich dachte, er wüsste nicht, dass ich alles weiß, aber jetzt bin ich mir da nicht mehr so sicher. Ich habe schon seit einigen Wochen den Verdacht, dass Winters Gelder veruntreut hat. Mein Vater hat darauf bestanden, dass ich bei ihm ein Praktikum mache. Winters war nicht begeistert und ließ mich irgendwelche Prospekte sortieren, eintüten und andere dumme Aufgaben machen. Ich war sauer und gelangweilt. Aber einmal hat Marc vergessen, seinen Laptop mitzunehmen, als er in den Pub ging. Er konnte nicht schnell genug da sein, um Julia mal wieder schöne Augen machen.«

»Und dann hast du den Laptop durchsucht?«

Timothy wurde rot.

»Na ja, ich kenne mich mit Computern ganz gut aus, und ich war neugierig und wollte nur kurz gucken, ob ich nicht etwas finden könnte, was Julia endlich dazu brächte, den Kerl nicht mehr anzulächeln. Als ich sah, dass Winters eine relative gute Sicherheitssoftware installiert hat, wurde ich erst recht neugierig.«

»Und?«

»So gut war das Programm dann auch nicht …«

»Du hast dich eingehackt?«

Er hob das Kinn und schnaubte.

»Dafür musste ich nicht hacken. Nur einige Befehle an der richtigen Stelle eingeben, und ich war drin. Ich habe ein merkwürdiges Bankkonto gefunden, auf das regelmäßig größere Summen eingegangen sind.«

Sam schüttelte den Kopf.

»Das könnte alles Mögliche bedeuten.«

»Das stimmt, aber ich habe auch eine Verbindung gefunden zu einem der Konten des National Trust. Es gab Abbuchungen für Arbeiten, die hier auf der Insel nie durchgeführt wurden. Honorare für Dienstleistungen, die nie in Anspruch genommen wurden. Zu hohe Rechnungen. Ich hatte keine Zeit, mir alles genau anzusehen. Die Gelder wurden sofort auf das Konto umgeleitet. Ich habe die Daten notiert und hinterher überprüft. Kleinere Summen, aber zusammengenommen …«

Er zögerte und sah die beiden an.

»Zusammengenommen reden wir wohl über die letzten zwei Jahre verteilt fast von einer halben Million.«

Mags holte Luft.

»So viel?«

Timothy zuckte mit den Schultern.

»Der Jahresumsatz der Insel ist um ein Vielfaches höher. Die Ausgaben zu ihrem Erhalt fressen aber die Gewinne auf. Das dachte ich wenigstens, aber anscheinend gab es noch andere Gründe.«

Seine Stimme wirkte beherrscht, aber Mags konnte die leise Wut darunter hören.

»Wenn Winters ahnte, dass ich ihm auf der Spur war, dann brauchte er Zeit, um seine Spuren zu verwischen. Er musste das Geld ja irgendwie überwiesen, die Bücher manipuliert haben. So was hinterlässt Spuren. Die kann er nicht einfach löschen, die muss er vergraben, versteht ihr? Und das kostet Zeit. Ich war im Weg, vielleicht hat er gemerkt, dass ich in seinem Rechner gestöbert habe? Was, wenn er mich aus dem Weg haben wollte?«

Mags schüttelte den Kopf.

»So wenig ich Marc mag, aber dass er deswegen einen Menschen umbringt, dir das Ganze in die Schuhe schiebt, um dann doch die Tatwaffe bei Rathbone auftauchen zu lassen? Warum?«

Er zuckte mit den Schultern.

»Ich weiß nicht, warum er den Mann umgebracht hat, aber er hätte einen Grund, mir die Sache in die Schuhe zu schieben.«

Sam versuchte, sich aufzusetzen.

»Timothy hat recht. Winters kann ja zuerst aus irgendeinem Grund den Mann in der Kapelle getötet und dann die Gelegenheit beim Schopf gepackt haben, Timothy in Misskredit zu bringen und aus dem Weg zu schaffen.«

Mags schwirrte der Kopf.

»Aber wenn er jetzt alle Beweise für seinen Betrug tief genug begraben hat, dann haben wir doch gar nichts in der Hand, oder?«

Ein leises Hüsteln von Timothy ließ sie innehalten.

»Na ja, wenn er nicht um einiges besser ist, als ich glaube, dann haben wir doch etwas. Ich habe einen Trojaner auf seinem Laptop hinterlassen. Ein kleines Programm, das alle seine Aktivitäten der letzten Wochen aufgezeichnet und in einem versteckten Verzeichnis gespeichert hat. Ich konnte in der Eile keinen externen Speicherort einrichten, daher können wir auf die Dokumente nur zugreifen, falls Winters seinen Rechner nicht zerstört hat. Aber so weit hat er nicht gedacht, oder? Ich glaube nicht, dass er dem dünnen und schüchternen Sohn von Sir Rupert so etwas überhaupt zutrauen würde.«

Sam und Mags warfen einander einen Blick zu. Timothy lächelte.

»Jetzt müssen wir nur noch an den Rechner kommen.«

36

Mags blickte auf das bunte Walkie-Talkie für Kinder, das Timothy ihr in die Hand gedrückt hatte. Sein Gegenstück lag bei Sam auf dem Nachttisch. Er hatte seinen Versuch, mit ihnen zu kommen, unter einigen interessanten Flüchen aufgeben müssen, da seine Schulter bei jeder Bewegung schmerzte.

Durch den Sturm hatte St. Michael's immer noch kein stabiles Handynetz. Aber andererseits war durch den Sturm auch niemand in der Lage, die Insel zu verlassen. Auch Marc Winters nicht.

»Und die funktionieren wirklich?«

Timothy lächelte.

»Probier es aus. Julia und ich haben als Kinder damit quer über die Insel Kontakt gehalten. Und das ist weiter als von Winters' Büro in Sams Zimmer.«

Sie drückte auf den roten Knopf an der Seite des Gerätes.

»Mags an Sam?«

Sie kam sich etwas albern vor, und gleichzeitig erwartete sie, dass wie in einer der Abenteuergeschichten, die sie als Kind gelesen hatte, plötzlich ihre Freunde neben ihr auftauchen würden. Die Bösewichte wären irgendwelche Schmuggler, die in Schwarz gekleidet in einer mondlosen Nacht durch knietiefes Wasser in Höhlen wateten. Und sie und Sam wären dann die Helden, die furchtlos das Rätsel lösen und den Schatz finden würden.

Mags lachte kurz auf und erntete dafür von Timothy einen verständnislosen Blick.

Das Walkie-Talkie knackte, und sie konnte Sams Stimme hören.

»Sam an Mags. Ich kann dich verstehen.«

Vielleicht war auch in Sams Stimme ein leichtes Lächeln zu hören, sie musste ihn später unbedingt fragen, ob er auch an Schmuggler und Schätze gedacht hatte. Timothy nickte zufrieden.

»Julia hat Winters in den Pub eingeladen.«

Sie sah, wie sich sein fein geschnittenes Gesicht zu einem Grinsen verzog.

»Sie bräuchte nur mit dem Finger zu schnippen, und er würde Männchen machen.«

»Weiß Julia denn Bescheid?«

»Ja. Eigentlich wollte ich ihr nicht die ganze Wahrheit erzählen, aber Julia ist nicht dumm und hat sich alles zusammengereimt.«

Timothy zögerte.

»Sie ist Sebastian Rathbone sehr zugetan, also nicht romantisch oder so …«

Mags musste sich zusammenreißen, um nicht über seine altmodische Art zu kichern. So langsam verstand sie, warum er es in Oxford schwer gehabt hatte. Er wirkte manchmal wie aus einer anderen Zeit. Und doch hackte er sich in Computer ein, als wäre es ein Kinderspiel.

»Julia wird ihn lange genug im Pub festhalten. Und sollte Winters doch irgendwie zurückkommen, sagt sie Sam Bescheid, der uns per Funk warnen wird.«

Mags ließ ihren Blick über den Hafen schweifen, in dem die Wellen immer noch über die Kaimauer und die gepflasterten Wege schlugen. Sie hatten im Windfang eines der kleinen Häuser Schutz vor dem schneidenden Wind gesucht. Einzelne Böen sorgten dafür, dass die Gischt bis vor ihre Füße geweht wurde. Auch wenn es gerade einmal früher Abend war, lag die Insel in einem grauen Dämmerlicht. Die Wolken, die der Sturm mit sich brachte, würden sich weiter auftürmen. Mags hoffte, dass sie bei dem zu erwartenden Regengüssen irgendwo im Trockenen sein würden.

Kurz dachte sie an die Gärten. War Irene Adler mit ihren Helfern noch hektisch dabei, die Pflanzen zu sichern und so vielen wie möglich Schutz in den Gewächshäusern und Schuppen zu geben? Würde der Regen die kostbare Erde wegspülen? Sicherlich war die Insel Wetterumschwünge gewohnt, aber so, wie die meisten Bewohner auf den Sturm reagierten, war er in seiner Intensität schon etwas Besonderes. Miss Clara in Rosehaven würde ihre Rosen noch einmal festgebunden und die Kübel mit Pflanzen in den Schuppen geräumt haben. Hoffentlich hatte sie sich einen der Jungs als Hilfe geholt. Ihr Telefon würde die nächsten Tage sicherlich nicht stillstehen.

Mags seufzte. Sie sollte eigentlich zu Hause sein. Würde der alte Pflaumenbaum im Garten der Potters dem Wind standhalten? Hatten die beiden Besitzer früh genug daran gedacht, die schweren Früchte zu pflücken? Sie würde den Baum gerne noch einige Jahre erhalten, da er in seiner gebeugten Form und mit den fast weißgrauen Ästen wie ein alter würdiger Mönch wirkte.

Vor ihrem inneren Auge zogen ihre Gärten vorbei. Die Stockrosen in den meisten der Bauerngärten würden durch Wind und Regen umknicken. Sie sollte die Besitzer daran erinnern, die Samenkapseln einzusammeln und zu beschriften. Ob das Spalierobst am Haus der Edgars schon fest genug angewachsen war? Mags hatte es vor zwei Jahren gepflanzt und sich sehr gefreut, dass jemand bereit war, sich auf ein Projekt einzulassen, dessen Früchte man erst in einigen Jahren sehen würde. Die meisten Ferienhausbesitzer wollten Pflanzen, die sofort in voller Pracht blühten. Die Geduld, etwas wachsen zu sehen, und einen Sinn dafür, wie schön dieses Wachstum selbst war, hatten nicht viele.

Sie schüttelte sich kurz und konzentrierte sich auf das Hier und Jetzt. Ihr war kalt, und sie hoffte, sie könnten ihren Beobachtungsposten bald verlassen.

In diesem Moment ging in Winters' Büro das Licht aus, und sie sahen, wie er sich, in eine dunkle Regenjacke gehüllt, mit schnellen Schritten auf den Pub zubewegte. Mags und Timothy duckten sich, aber der dunkle Schatten, der Winters war, eilte ohne nach rechts oder links zu blicken auf die hell erleuchteten Fenster des Pubs zu.

37

Mags atmete auf. Winters trug keine Tasche. Er musste den Laptop im Büro gelassen haben. Timothy wartete eine besonders kräftige Böe ab und bedeutete ihr dann, mitzukommen.

Der Wind traf sie wie ein Faustschlag, und sie stemmte sich mit aller Kraft dagegen, um mit Timothy Schritt zu halten. Marc Winters' Büro lag nur wenige Meter vom Pub entfernt, näher an der Burg.

Das schmale Haus war früher das Büro des Hafenmeisters gewesen, der außerdem für die Versorgung der Burg mit allem Notwendigen zuständig gewesen war. An das Haus hatten früher Lagerschuppen gegrenzt, die dann aber in den zwanziger Jahren abgerissen worden waren. Timothy erreichte die Tür und zog den Schlüssel aus der Tasche. Mags wollte etwas sagen, aber der Sturm war so laut, dass sie nach dem ersten Versuch den Mund wieder schloss.

Die Tür öffnete sich, und Timothy ließ sie eintreten. Dann schloss er die Tür sorgfältig.

»Wir sollten nicht mehr Licht anmachen als nötig.« Timothys Stimme klang heiser vor Aufregung.

Mags nickte und ließ ihren Augen Zeit, sich an das Dämmerlicht zu gewöhnen. Timothy war schon an den großen Schreibtisch getreten, der den hinteren Teil des Hauses einnahm.

»Wo hat er bloß …«

Doch dann hörte sie ein triumphierendes Schnauben und sah, wie Timothy aus einer der unteren Schubladen eine schwarze Tasche hervorzog.

»Das ist er!«

Er setzte sich an den Schreibtisch und fuhr den Laptop hoch.

Mags trat hinter ihn und hoffte, dass niemand von außen auf das helle Licht des Bildschirmes aufmerksam wurde. Aber ihr fiel kein Mensch ein, der seine fünf Sinne beieinander hatte und sich bei so einem Wetter länger als unbedingt nötig draußen aufhalten würde.

Sie sah die Startseite aufblitzen.

»Wenn er jetzt noch nicht einmal sein Passwort geändert hat, dann …« Timothy tippte und lachte leise auf.

»Also scheint er wirklich nicht bemerkt zu haben, dass ich an seinem Laptop war. Wenn das kleine Programm funktioniert hat, dann haben wir ihn.«

Mags beugte sich neugierig vor.

»Wie bist du an das Passwort gekommen?«

Timothy grinste.

»In Filmen setzen sich die Leute immer hin und versuchen ihr Glück, nicht wahr? Die erste Freundin, der Name des ersten Hundes, Geburtsname der Mutter, aber das ist Quatsch.«

Mags biss sich auf die Lippen und versuchte, möglichst gelassen zu nicken und die Röte, die ihr ins Gesicht gestiegen war, zu ignorieren. Natürlich war ihr Rechner zu Hause mit einem Passwort geschützt. Sie benutzte seit Jahren dasselbe, aber sie würde es bei der nächsten Gelegenheit ändern.

»Und wie hast du es dann gemacht?«

Er antwortete zuerst nicht, da er ganz auf das Geschehen auf dem Bildschirm konzentriert war.

»Wie würdest du in ein Haus einbrechen, dessen Vordertür mit Sicherheitsschlössern gesichert, dessen Schlüssel nicht leichtsinnig unter der Fußmatte versteckt und dessen Eingang sichtbar ist, so dass man dich sehen würde, wenn du versuchst, das Schloss aufwendig zu knacken?«

Mags lachte leise und dachte an den Schlüssel zu ihrer umgebauten Scheune, der unter einem Blumentopf auf der Fensterbank lag.

»Ich würde gucken, wie die Hintertür aussieht.«

Timothy nickte. Wenig an ihm erinnerte jetzt noch an den schüchternen und unbeholfenen Studenten.

»Genau. In diesem Fall war es sozusagen das Kellerfenster, das offen stand. Ich habe einfach die Ebene, auf der das Passwort lag, verlassen und …«

Er unterbrach sich und drehte mit einem breiten Lächeln den Bildschirm in ihre Richtung.

»Da haben wir ihn!«

Mags sah einen Haufen Zahlenreihen.

»Das ist, mit Zeitstempel versehen, der Verlauf aller Bewegungen von diesem Laptop aus den letzten zehn Tagen. Siehst du das hier?«

Timothy scrollte schnell durch die Kolonnen an Zahlen und Buchstaben. Mags schüttelte den Kopf, hielt aber den Mund. Der Junge ging davon aus, dass auch sie aus den Informationen schlau werden würde.

»Das reicht an Material.«

Er holte einen USB-Stick aus einer Tasche.

»Ich kopiere das jetzt, und dann können wir damit morgen zur Polizei.«

»Wir haben die Daten gestohlen!«

»Ja, ich weiß, aber das ist mir egal. Ich nehme das auf meine Kappe. Sobald ich den National Trust und meinen Vater informiert habe, wird Winters die Insel in hohem Bogen verlassen. Und zumindest Inspector Johnson wird sich schon dafür interessieren, dass Winters damit so gar keine saubere Weste mehr hat.«

Mags wollte gerade etwas erwidern, als das Knacken des Walkie-Talkies sie zusammenfahren ließ.

»Mags? Winters kommt! Ihr müsst da weg. Julia ist bei mir. Er hat sie wohl beim Essen angegrapscht, und Elsa hat es gesehen. Sie hat ihn gerade hochkant aus dem Pub geworfen!«

Timothy klappte den Deckel des Laptops zu.

»Verdammt!«

Mags sah sich hektisch um.

»Eine Hintertür?«

Er schüttelte den Kopf.

»Nein, das Haus liegt direkt am Hang.«

Schnell packte er den Laptop zurück in den Schreibtisch.

»In der Küche gibt es eine Tür zum großen Lager. Da können wir uns …«

Doch als Mags die Küchentür öffnen wollte, hörte sie Winters' Stimme hinter sich, und das Licht ging an.

38

»Ihr bleibt stehen.«

Mags drehte sich um.

Winters stand in der Tür, die Haare nass vom Regen, und sah sie lächelnd an.

»Wen haben wir denn hier? Die Gärtnerin und Sir Ruperts schwächlichen Spross. Auf frischer Tat beim Einbruch in mein Büro ertappt. Was habt ihr hier zu suchen?«

Winters schloss die Tür und trat einen Schritt weiter in das Zimmer. Auf Mags wirkte er viel zu ruhig.

Sie wollte gerade zu einer Antwort ansetzen, aber Timothy kam ihr zuvor.

»Du hast hier gar nichts mehr zu fragen!«

Winters hob nur eine Augenbraue und wendete ihm seine Aufmerksamkeit zu.

»Ich glaube nicht …«

Doch Mags' Versuch, den jungen Mann zu stoppen, verlief im Sand.

»Ich weiß von dem Konto. Du Betrüger!«

Sie schloss kurz die Augen.

»Du hast die Insel und den Trust bestohlen, und ich kann es beweisen! Du wirst ins Gefängnis gehen!«

Er war nicht zu bremsen, und Mags hoffte nur, dass Julia und Sam schnell genug hier wären und Unterstützung mitbringen würden.

»Kannst du das?«

Winters' Stimme war immer noch gefährlich ruhig. Timothy hingegen schien das nicht zu merken und ging auf ihn zu.

»Ja, das kann ich. Und ich werde jetzt zu meinem Vater gehen und …«

Er brach ab und trat einen Schritt zurück. Zuerst begriff Mags nicht, was los war, doch dann sah auch sie die Waffe in Winters' Hand.

»Du bleibst. Und du auch.«

Die Waffe richtete sich auf sie.

»Hinsetzen, auf den Boden. Sofort.«

Mags zögerte kurz, was Winters jedoch nicht entging.

»Denken Sie noch nicht einmal daran. Ich würde Sie ungern verletzen, aber ungewöhnliche Situationen verlangen ungewöhnliche Handlungsweisen.«

Mags setzte sich, Timothy tat es ihr nach.

»Wer weiß, dass ihr hier seid?«

Sie öffnete den Mund, doch Winters schüttelte den Kopf.

»Nicht du. Timothy? Wer weiß hiervon?«

Er schüttelte den Kopf und biss sich auf die Lippe.

Winters lachte und trat mit der Waffe in der Hand einen Schritt näher.

»Eine Geisel reicht mir völlig.«

Seine Stimme blieb ruhig und kalt, und Mags traute ihm in diesem Moment zu, dass er auf sie schoss.

»Sag es ihm.«

»Sam. Und Julia.«

Winters' Gesicht verzog sich.

»Julia weiß davon? Deswegen hat sie mich eingeladen. Mir kam ihr plötzlicher Stimmungswandel ziemlich merkwürdig vor. Wie unpraktisch für euch, dass mich ihre Mutter gerade aus dem Pub geworfen hat.«

Wieder lachte er.

»Elsa sagt, der nervige Wissenschaftler sitzt mit einer ausgekugelten Schulter im Bett fest?«

Mags nickte und hoffte, dass das Walkie-Talkie in ihrer Jackentasche keine Geräusche machen würde.

»Wir werden uns also beeilen müssen.«

Er sah nachdenklich von Mags zu Timothy.

»Ich nehme dich mit. Du kannst ein Boot steuern, oder?«

Er wies mit seiner Waffe auf Timothy.

»Bei diesem Sturm ist das Selbstmord!«

Winters' Augen ließen das erste Mal so etwas wie Unsicherheit erkennen.

»Blödsinn. Es sind nur wenige Meter bis zum Festland. Der Sturm wird schwächer.«

Er ging rückwärts zum Schreibtisch und warf Mags seine schwarze Tasche zu.

»Den Rechner. Einpacken.«

Dann ging er zum Küchenschrank, ohne sie aus den Augen zu lassen, öffnete eine der Türen und nahm eine Dose mit dem Aufdruck einer Apotheke heraus.

»Auch einpacken!«

»Abführtee?«

Mags blickte verwirrt auf die Dose in seiner Hand, und Winters lachte schallend.

»Ein gutes Versteck, oder?«

Er öffnete die Dose, nahm einen Beutel mit braunen

Teeblättern heraus und griff dann erneut hinein. In dem zweiten Beutel schimmerte ein weißes Pulver.

»Leider musste ich einen nicht geringen Teil meiner Vorräte opfern, um mir Sir Ruperts neugierigen Sprössling vom Hals zu halten.«

Timothy richtete sich auf und sah Winters an.

»Warum haben Sie den Mann getötet? Ein verpatzter Deal?«

Mags schloss die Augen. Hatte der Junge wirklich seinen Verstand verloren? Musste er Winters auch noch provozieren?

Der blickte ihn an und lächelte kalt.

»Oh, das war ich nicht.«

Nachdenklich strich er mit der Hand über sein Gesicht.

»Du weißt es wirklich nicht, oder?«

Timothy schüttelte verwirrt den Kopf.

»Ich dachte, du hast alles herausgefunden und schweigst nur, um deinen alten Herren zu schützen.«

»Was soll das heißen, was hat denn mein Vater damit zu tun?«

Winters lachte.

»Oh, das ist aber fein.«

Mags beobachtete, wie er mit einem merkwürdigen Gesichtsausdruck auf Timothy herabblickte.

»Also bist du wohl doch nicht so schlau, wie du glaubst. Armer kleiner Junge.«

Er machte eine Pause, und Mags hielt den Atem an. Was immer auch kommen mochte, es war nicht gut.

»Dein Vater ist tot.«

Timothy lachte erleichtert auf.

»Nein, das kann nicht sein. Er sitzt oben in seinem Arbeitszimmer und brütet über irgendwelchen Papieren. Was soll das?«

Doch Winters schüttelte nur den Kopf.

»Nein, nein. Oben in der Burg sitzt Sir Rupert und versucht verzweifelt, sein Erbe zu erhalten. Dein Vater jedoch liegt im Leichenhaus der Polizei. Mit eingeschlagenem Schädel.«

Mags schloss die Augen, als sie Timothy ungläubig stöhnen hörte.

Das Foto des jungen Mannes, der damals auf der Insel gearbeitet hatte ... wie viele Jahre war das her? Konnte es wahr sein?

Winters genoss es sichtlich, Timothy immer mehr Details zu erzählen.

»Der Mann, der später tot in der Kapelle lag, war einige Monate vorher schon einmal hier gewesen. Im April, als du gerade in Oxford warst. Ich weiß noch, wie ich auf die Fähre wartete und er mir aufgefallen ist. Er sah nicht aus wie ein Tourist. Die Kleidung war zerschlissen, saß schlecht, er hatte eine Baseballkappe tief ins Gesicht gezogen. Als er dann auf dem Boot im Wind die Kappe abnahm, sah ich dein Gesicht.«

Er kicherte.

»Zuerst dachte ich noch, dass wohl jeder Mensch irgendwo einen Doppelgänger haben musste, auch wenn der Mann Jahre älter war als du. Als er vom Boot stieg, war ich neugierig und folgte ihm. Er ging schnurstracks zur Burg. Nach einer halben Stunde kam er wieder raus, Sir Rupert neben sich. Der war leichenblass. Ich versteckte mich hinter der Mauer, und als sie vorbeigingen, konnte ich genug hören. Der Mann wollte Geld, viel Geld. Und anstatt ihn von der Insel zu werfen, ließ Sir Rupert sich auf die Forderung ein und bat nur um eine Frist von einigen Monaten, um das Geld unauffällig zu besorgen. Ich war sprachlos. Doch dann hörte ich, wie der Besucher sagte, dass Sir Rupert sich nicht an die Polizei wenden solle, denn sonst würden die Presse und der Junge alles erfahren. Und dass es schade wäre, wenn die Insel plötzlich gar keinen legitimen Erben mehr hätte. Es war nicht schwer, sich alles zusammenzureimen.«

Er beugte sich zu Timothy.

»Sir Ruperts feiner Sohn, ein Bastard. Ich beschloss, es für mich zu behalten. Meine eigenen Geschäfte liefen gerade gut, und es schadet ja nie, etwas gegen den eigenen Arbeitgeber in der Hand zu haben, oder?«

Mags konnte den Triumph in seiner Stimme hören und fragte sich, wie viel von den Drogen aus dem Beutel der Mann heute schon selbst genommen hatte.

»Zuerst war ich davon ausgegangen, dass Sir Rupert bezahlt hat. Aber dann tauchte da der Tote mit dem zerstörten Gesicht auf. Dein Daddy.«

Timothy sah ihn entsetzt an.

»So, und jetzt sollten wir uns um meine sichere Abreise kümmern.«

Bevor Mags Klarheit in ihre Gedanken bringen konnte, hörte sie ein kratzendes Geräusch und sah, wie die Küchentür langsam aufschwang.

Winters schien das Geräusch auch gehört zu haben und fuhr herum, aber im gleichen Moment stürzte auch schon etwas Dunkles auf ihn herab. Es gab einen dumpfen Knall, und Winters brach zusammen.

39

»Vater!«

Mags merkte erst jetzt, dass sie die Luft angehalten hatte und atmete vorsichtig aus.

»Wie bist du hierhergekommen?«

Sir Rupert sah auf Marc Winters' reglosen Körper vor seinen Füßen und dann auf seinen Sohn, schweigend und mit schmerzverzerrtem Gesicht. Mags spürte, wie Timothys Verwirrung mit jedem Moment wuchs und wie er versuchte, gegen die langsam einsetzende Erkenntnis anzukämpfen.

»Du warst doch gerade noch auf der Burg ...«

Er sah auf seinen Vater, der vorsichtig Winters' Waffe anhob. Sir Rupert trug dünne Handschuhe. Mags konnte ihren Blick nicht von seinen schmalen schwarzen Fingern abwenden, die nun die Waffe umfassten.

»Du hast den alten Tunnel benutzt, oder? Woher wusstest du, dass wir hier sind?«

Als Sir Rupert immer noch nicht sprach und sie seinen Blick auf sich ruhen sah, fühlte Mags sich mehr und mehr unbehaglich. Sie hatte auch vorher schon Angst gehabt, keine Frage, aber jetzt kroch ihr eine kalte, eisige Panik den Rücken hinauf und setzte sich in ihrem Hinterkopf fest. Ihr Mund wurde trocken, und sie musste schlucken. Das konnte nicht sein. Timothy unterbrach ihre Gedanken.

»Wir müssen Julia und Sam Bescheid sagen, die beiden machen sich sicherlich schon große Sorgen.«

Seine Augen glänzten. Mags war sich nicht sicher, wie lange er es noch aushalten würde.

»Julia hat dir Bescheid gesagt, oder? Wo sind die anderen? Sobald die Telefone wieder gehen, müssen wir die Polizei rufen. Auf dem Rechner sind alle Beweise, dass Winters Geld unterschlagen hat. Dafür können sie ihn verhaften.«

Mags hörte nun Verzweiflung in seiner Stimme.

»Winters hat den Mann umgebracht, oder? Schau, in der Dose hier sind Drogen, er muss ihn deswegen umgebracht haben. Und dann wollte er mir gerade irgendwelchen Unsinn erzählen, du seist nicht mein Vater. Er hat sich da eine Geschichte zusammengereimt, dass du den Mann in der Kapelle getötet haben sollst.«

Er zögerte.

»Vater?«

Er versuchte, zu lachen, doch Sir Rupert sprach immer noch nicht. Vielmehr umschlossen seine Finger die Waffe fester, und er richtete sie auf Mags.

»Vater?«

Timothys Stimme wurde zu einem Flüstern.

Sir Rupert sah sie fast freundlich an.

»Sie haben alles gehört, was Winters gesagt hat.«

Sie wusste, dass das keine Frage war.

Verzweifelt suchte sie einen Ausweg, während Timothy neben ihr zitternd auf einen Stuhl sank.

Ihre Stimme war heiser, in ihren Ohren rauschte es.

»Wie wollen Sie aus dieser Sache noch rauskommen?«

Sir Rupert nickte.

»Ein Auge für die wichtigen Fragen des Lebens. Das ist mir schon in der Halle aufgefallen.«

Mit dem Fuß stieß er Winters an, der leise stöhnte.

»Ich glaube, es war so: Ich bin hierhergeeilt und habe Winters dabei überrascht, wie er die Gärtnerin und meinen Sohn bedrohte. Leider war ich nicht schnell genug, und er feuerte seine Waffe auf die junge Gärtnerin ab. Ich schlug ihn nieder, aber er kam wieder zu Bewusstsein, und im anschließenden Handgemenge löste sich ein zweiter Schuss, der ihn tötete. Ich konnte leider die Gärtnerin nicht retten, aber meinen Sohn schon.«

Er warf Mags einen entschuldigenden Blick zu.

»Es tut mir leid.«

Timothy schrie auf.

»Nein!«

Mags war sich nicht sicher, ob er überhaupt ein Wort von dem, was sein Vater gesagt hatte, wahrgenommen hatte.

Sir Rupert sah seinen Sohn flehend an.

»Pro patria, pro familia.«

Sein Sohn schüttelte fassungslos den Kopf.

»Warum tust du das?«

»Timothy. Für die Insel, für dich. St. Michael's Mount braucht einen Erben.«

Mags schloss die Augen. Die Angst, die sie in den letzten Sekunden gelähmt hatte, wich einem Schwindel, und sie hörte alles wie durch einen dünnen Nebel. Sir Rupert würde gleich abdrücken. Und sie konnte nichts dagegen unternehmen.

Dann hörte sie Timothys Stimme, diesmal kalt und klar. Sie öffnete die Augen.

»Wenn du sie tötest, musst du auch mich töten. Und Sam. Und Julia.«

Timothy griff in Mags' Jackentasche, in der sie ihre eiskalte Hand noch immer um das Walkie-Talkie geklammert hatte. Sie hielt den Sendeknopf gedrückt, so fest sie konnte. Er zog ihre Hand vorsichtig heraus.

»Sie haben alles gehört.«

Sir Rupert ließ die Waffe sinken.

»Du wendest dich gegen mich?«

Sein Sohn stand auf, und Mags sah neben dem Schock nun auch Wut in seinem Gesicht.

»Kein Stück Land dieser Welt ist es wert, dafür zu töten.«

Er trat auf seinen Vater zu, und Mags fragte sich, wie sie Timothy jemals für schwach hatte halten können.

»Gib mir die Waffe.«

Sir Rupert trat einen Schritt zurück.

»Verstehst du nicht? Er hätte alles zerstört! Er wäre nicht mit dem Geld zufrieden gewesen. Er hat es mir ins Gesicht gesagt und dabei gelacht. Seine Augen lachten mich aus – deine Augen … Er sagte, er würde dir alles erzählen.«

Bevor Sir Rupert weitersprechen konnte, flog die Eingangstür auf, und Elsa und Adam standen im Raum. Elsa hielt eine kleine schwarze Pistole in der Hand und richtete sie auf Sir Rupert. Timothy hatte seinen Blick nicht von seinem Vater gelöst.

»Gib mir die Waffe!«

Adam wollte losstürmen, doch Elsa hielt ihn zurück.

»Sir Rupert, geben Sie ihm die Waffe. Es ist vorbei.«

Die Stimme der Wirtin klang ruhig und gefasst. Alle Farbe wich aus dem Gesicht des Inselherren.

»Nein.«

Er sah unverwandt in Timothys Augen, der ihm die Hand entgegenstreckte.

»Die Waffe.«

Plötzlich ging eine Art Zittern durch seinen Körper, und Mags ahnte in derselben Sekunde, was passieren würde.

»Nein!«

Sie wusste nicht mehr, ob sie oder Elsa zuerst geschrien hatte.

Der Schuss vermischte sich mit dem Schrei, übertönte das Prasseln des Regens und das Toben des Sturms vor dem Fenster.

Plötzlich war es ganz still, dann brach Sir Rupert zusammen.

40

Es war Adam, der den zitternden Timothy in den Pub brachte. Elsa hatte sich kurz zu Winters gebeugt und nach seinem Puls getastet, dann hatte sie Mags aus dem Raum geschickt.

»Ich brauche die Notfalltasche. Und Kabelbinder. Auf den Fischerbooten gibt es Funkgeräte. Drücken Sie den roten Knopf, die Küstenwache meldet sich dann. Benachrichtigen Sie die Polizei.«

Im Pub warteten Julia und Sam, der sich die Treppe heruntergeschleppt hatte.

»Ist das Blut?«

In Julias Stimme lag Panik.

Sie beugte sich über Timothy, den Adam in einen Sessel vor dem Kamin gesetzt hatte.

»Wir haben einen Schuss gehört.«

Sams Gesicht war schweißgebadet, und er hielt sich mit weißen Fingerknöcheln an einer Stuhllehne fest.

»Sir Rupert hat sich erschossen. Das Blut stammt nicht von Timothy, er hat aber einen Schock erlitten.«

Mags erlaubte sich nicht, jetzt zusammenzubrechen.

Julia wurde leichenblass, nickte dann aber.

»Adam?«

Der große Mann drehte sich zu Mags um.

»Elsa braucht die Notfalltasche. Winters ist verletzt. Und sie fragt nach Kabelbinder.«

Der große Mann nickte und kam kurz darauf mit den gewünschten Sachen wieder.

»Du gehst noch mal zurück? Kann nicht Adam das machen?«

Sam sah Mags an, und sie hörte die Sorge in seiner Stimme.

Adam kniete inzwischen vor dem Kamin, legte Holz nach und summte dabei leise vor sich hin.

»Nein, ich gehe.«

Und bevor Sam etwas sagen konnte, war sie schon wieder hinaus in den Sturm getreten.

41

Mags stand am Hafen und wartete darauf, dass die Ebbe den schmalen Damm zum Festland endgültig freigab. Ihr Rucksack lag schwer auf ihrem Rücken, und sie starrte auf das Wasser. Der Sturm hatte in der Nacht nachgelassen, und mit dem ersten Boot waren Johnson und Mary Shifter zusammen mit einer ganzen Truppe Polizisten und einem Notarzt auf die Insel gekommen.

Das Boot hatte Winters, Sam und den immer noch schweigenden Timothy mitgenommen. Mags konnte sich nicht vorstellen, wie der junge Mann wieder auf die Beine kommen sollte. Sie hoffte nur, dass er einen Weg finden würde.

Sam war nur unter Protest mitgefahren, nachdem der Notarzt sich schlicht geweigert hatte, seine Schulter vor Ort wieder einzurenken.

Sie sah auf, als sie Schritte neben sich hörte. Elsa Sands trat neben sie, die Hände in den Taschen einer großen Jacke vergraben, das Gesicht sanft. Nichts erinnerte mehr an die Frau, die vor wenigen Stunden in Winters' Küche geplatzt war und sie gerettet hatte.

Mags wandte sich ihr zu und blickte in die warmen braunen Augen.

»Werden Sie mir verraten, was Sie wirklich in London gemacht haben, bevor Sie hierherkamen?«

Elsa sah sie erstaunt an.

»Was?«

Mags lachte.

»Na ja, eine Pubbesitzerin, die Wunden verarzten und mit einer Pistole umgehen kann, jemanden mit Kabelbindern fesselt und in einen Raum voller …«

Sie musste schlucken. Sie hatte es vermieden, an dem Abend auch nur in die Richtung Sir Ruperts zu blicken, als sie Elsa die Tasche gebracht hatte. Aber der Geruch von Blut hatte schwer in der Luft gelegen.

»Sie wirkten völlig ruhig.«

Elsa sah sie eindringlich an.

»Und das hat Sie auf die Idee gebracht, ich hätte in London etwas anderes gemacht, als ich erzählt habe?«

Mags senkte die Stimme.

»Nein, nicht wirklich. Was mich vor allem dazu gebracht hat, daran zu zweifeln, dass Sie eine einfache Krankenschwester und Kellnerin waren, war Ihr Gespräch mit Johnson an dem Tag, als Adam so wütend war.«

Elsa zog die Augenbraue erstaunt hoch.

»Warum das?«

»Sie haben nur fünf Minuten mit Johnson gesprochen, der wahrscheinlich noch nicht mal zu seiner eigenen Mutter nett ist, und er war danach sanft wie ein Lamm.«

Elsa schüttelte den Kopf und lachte.

»Sie haben eine blühende Phantasie, Mags!«

Sie lachte immer noch, als sie Mags umarmte und dann in Richtung Pub davonging. Nach wenigen Metern blieb sie stehen und drehte sich um.

»Mags?«

»Ja?«

»Lassen Sie Sam nicht allzu lange warten, ja?«

Mags wurde rot und nickte. Elsa winkte ihr noch einmal kurz zu und verschwand dann hinter den Türen des Pubs. Irgendwie war Mags sich sicher, die Wirtin nicht zum letzten Mal gesehen zu haben.

Sam nicht warten lassen. Elsa hatte recht. Mags würde sich entscheiden müssen. Sie sah wieder auf das ablaufende Wasser und seufzte. Eine Fernbeziehung. Mit einem Mann, dessen akademische Welt in Oxford mehr als nur ein paar Meilen auf der Autobahn von ihrer eigenen Welt entfernt war.

Plötzlich wurde ihr eine weiße Schachtel unter die Nase gehalten wurde.

»Pfefferminz?«

Mags musste lachen.

»Du hast mich erschreckt!«

Mary Shifter, wieder in eines ihrer unauffälligen und strengen Kostüme gezwängt, schüttelte den Kopf.

»Ich habe mich mehrmals geräuspert, aber du warst so in Gedanken versunken, dass wahrscheinlich sogar ein Riese hinter dir hätte niesen können, ohne dass du es gemerkt hättest.«

Die junge Polizistin stellte sich neben sie und blickte ebenfalls in Richtung Festland. Das Wasser war nun fast komplett von dem schmalen Damm abgelaufen.

»Woran hast du gedacht?«

Mags griff in die Schachtel mit den Bonbons.

»Über Unterschiede.«

Mary lachte.

»Also an das, was das Leben spannend macht.«

»Ich bin mir nur nicht so sicher, ob ich überhaupt Spannung in meinem Leben haben will. Gerade wünsche ich mir eigentlich nur, zu Hause zu sein, mich um meine Gärten zu kümmern, mit Miss Clara Tee zu trinken und abends im Pub den Geschichten der anderen zu lauschen. Mehr will ich nicht.«

Die junge Polizistin neben ihr seufzte nun ihrerseits.

»Das klingt gut. Richtig gut.«

Mags schnallte ihren Rucksack fester. Gleich würde der Damm frei sein.

Mary stupste sie an.

»Da!«

Mags legte eine Hand über die Augen und sah zum Festland, wo eine hochgewachsene Figur, den Arm in einer Schlinge, mit vorsichtigen Schritten unbeholfen über den noch nassen und glitschigen Damm auf die Insel zukam. Auf *sie* zukam. Anscheinend würde sie sich schneller entscheiden müssen, als gedacht.

Neben sich hörte sie ein leises Lachen.

»Los, geh schon. Bevor dein kleiner Wissenschaftler sich noch verletzt!«

»Er ist nicht mein …«

Mags unterbrach sich. Wem machte sie eigentlich etwas vor?

Vorsichtig ging sie die ersten Schritte auf den Damm und drehte sich dann mit einem Lachen zu Mary um.

»Du hast recht! Er ist anscheinend wirklich mein kleiner Wissenschaftler.«

Und damit ging sie mit schnellen Schritten los, um Sam auf der Mitte des Dammes zu treffen. Und diesmal würde niemand sie stören.

Liebe Leser,

die Insel St. Michael's Mount an der Südspitze Cornwalls ist immer einen Besuch wert. Egal, ob Sie bei Ebbe zu Fuß über den mittelalterlichen Steindamm auf das Eiland gelangen oder bei Flut mit einem der kleinen Fährboote – Sie werden sofort von der Geschichte und Magie des Ortes verzaubert werden.

Machen Sie einen Spaziergang entlang der kleinen Hafenhäuser und folgen Sie über das von so vielen Füßen glatt getretene Kopfsteinpflaster dem Pfad hinauf zur Burg. Blicken Sie von den Mauern, die so viele Jahre lang Schutz gewährten, hinüber aufs Festland zu der Hafenstadt Penzance.

Oder drehen Sie sich um hundertachtzig Grad und verlieren Sie sich in den Weiten des Atlantiks, der sich vor den schroffen Felsen der Insel ausbreitet.

Suchen Sie nicht die kleine Kapelle, in der das Unheil seinen Lauf nimmt. Ich gebe zu, ich habe sie erfunden. An ihrer Stelle finden Sie eine kleine Inselmolkerei in grauem Steingewand.

Die Kirche der Insel befindet sich nämlich in der Burg. Auch die Familie des Inselbarons Sir Rupert ist meiner Phantasie entsprungen.

Ich verspreche Ihnen allerdings, dass Sie im Pub der Insel auf jeden Fall ein Pint und gutes Essen bekommen werden. Auch, wenn die Gesichter hinter den Tresen vielleicht nicht die sind, die Sie in dieser Geschichte kennengelernt haben.

Und besuchen Sie unbedingt die Gärten der Insel! Schmale Wege durchbrechen die sorgfältig angelegten Terrassen und entführen Sie in ein subtropisches Paradies.

Es gibt Dinge, die sind so schön, dass keine Phantasie an sie heranreichen könnte.

Ihre Mary Ann Fox

Mary Ann Fox
Je tiefer man gräbt
Ein Cornwall-Krimi
256 Seiten. Broschur
978-3-7466-3361-9
Auch als E-Book erhältlich

Die Tote von Cornwall

In Rosehaven, einem malerischen Dorf inmitten blühender Gärten und
versteckter Buchten, macht Mags sich als Gärtnerin selbständig. Sie
soll Besucher durch den prachtvollen Garten eines alten Herrenhauses
führen, aus dem vor Jahren eine Frau spurlos verschwunden ist. Bei
einem der Rundgänge macht Mags eine grausame Entdeckung: Unter
den blühenden Hortensien stößt sie auf menschliche Knochen. Als sich
herausstellt, dass sie zu der verschwundenen Frau gehören, gerät auch
Mags in Lebensgefahr.

Herrenhäuser, Scones und Steilküsten – ein Kriminalroman voll südeng-
lischem Flair

**Regelmäßige Informationen erhalten Sie über unseren Newsletter. Jetzt anmelden
unter: www.aufbau-verlage.de/newsletter**

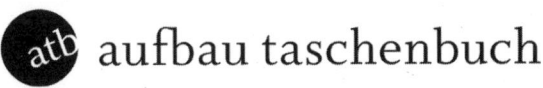

aufbau taschenbuch